旅行者的早餐

〔日〕米原万里 著

王遵艳 译

南海出版公司

新经典文化股份有限公司
www.readinglife.com
出　品

目 录

序曲

第一乐章

中场休息

第二乐章

间奏曲

第三乐章

序曲

Overture

第一张饼是烙糊的

俄罗斯谚语

先有蛋，还是先有鸡

口译过程中不能有沉默出现。同声传译卡莫·洛姆布如此感慨。他是匈牙利人，精通英、德、法、俄、匈五国语言。

> 演讲者偶尔出现停顿的时候，会博得听众的好感：“哎呀，不止是要说的内容，他肯定连怎么措辞都考虑过了，多么真诚的人啊。”可是，如果同声传译吞吞吐吐，就连总打瞌睡的人也会开始抱怨：“什么？怎么回事！莫非他们那帮人在同声传译室里打盹儿不成？”
>
> ——拙译《我的外语学习法》

是的，做口译时绝对不能一声不吭。我虽然牢牢记着这一点，但做起翻译来还是会有磕磕绊绊的时候。失败的例子简直不胜枚举。不过，长年靠这一行吃饭，我体内已经不知不觉形成了迅速忘记失败的自我防御系统，最重要的是蒙混过关的本领越来越厉害了。但初出茅庐时的一次失败，现在回忆起来，内心还是会涌起阵阵苦涩。

那是在北方领土问题国际研讨会上的简短发言。发言者是研究国际政治的学者 P，他以身为苏联政府的智囊团成员而闻名，后来还相继担任过俄罗斯联邦外长及总理。

“各位，打算从……开始吗？”

这个“……”听起来像是“Ab ovo”，我不知道这句俄语的意思，但不弄清楚这个地方又没法翻译。情急之下，想到日俄双方眼下正将争论的焦点放在是日本还是俄罗斯先发现“北方四岛”的问题上，再加上 P 的口吻听起来有点像责难，于是我敷衍地翻译为：“各位，打算从那种话题开始吗？”

结果日本方面的几位出席者勃然大怒：“什么叫那那那那那种话题？”我吓得魂飞魄散，但为了不暴露刚才的敷衍行为，翻成俄语的时候，我又撒了个谎：“什么叫 AB OVO？”

P 回答说：“如果硬要说清 AB OVO 的话，会掉进先有蛋还是先有鸡这个没完没了的连锁地狱里。”

因为事先打过招呼，他说完这句话就离席了。我极其惊险的走钢丝行为画上了句号，会议也在和平的气氛中结束。

会议结束后查了查俄日词典，发现“AB OVO”一词不是以西里尔字母，而是以罗马字记载的，并且有“拉丁语”的标记，意思是“从……开始”。不过这种情况一般不是拉丁语就是希腊语。不仅是俄语，把欧洲文明圈的语言翻译成日语时，口译者最害怕演讲者不知什么时候就会说出希腊语或拉丁语的惯用语，或是某首著名诗歌的一节原文。做笔译的人有足够的时间去查找，但做口译只能在现场靠知识和教养来判断。直到最近，在欧洲各国，古典语[①]还是高级中学和公立中学的必修课。由于古典语方面的素养是接受高级教育的证明，也是身份的象征，所以现在仍然有这种传统。在演讲中见缝插针，插入一些希腊语和拉丁语来炫耀自身的教养，已经成为雄辩之术的组成部分了。即使那些话毫无实质意义，也有显示自身修养的效果，所以时常在这样的场合出现。这与日本人喜欢古汉语典故的来龙去脉是一样的。

突然想起很久以前，我刚开始研究俄国文学的时候，经常遇到这种表达方式，深入探究了一下，姑且在十九世纪俄国著名的文艺批评家 V.G. 别林斯基的文章中找到了这个短语。

> 我不想像过去、现在，甚至未来的文艺批评家们那样，
> 像演奏同一首曲子般从 AB OVO LEDAEUS（从勒达的蛋）

---

①主要指拉丁语和希腊语。

> 开始……我可不想咯吱咯吱地不停捣鼓荷马呀，维吉尔呀，德摩斯梯尼呀，或者西塞罗他们的遗骨。
>
> ——《文学的幻想》

对，对，是希腊神话《勒达的蛋》。埃托利亚的国王特斯提奥斯的女儿叫勒达，宙斯醉心于她的绝世美貌，化身天鹅与她相会。结果，勒达生下了蛋，其中一颗蛋孵出了海伦。海伦长大后成为希腊第一美女，并嫁给斯巴达王墨涅拉奥斯，做了王后。但由于“金苹果”事件（参照本书第 114 页），她被特洛伊的牧羊人帕里斯拐走，这件事成为希腊联军远征特洛伊的导火线。

引用一下《名言名句辞典》（N.S. 阿舒金与 M.G. 阿舒吉娜著）中的说法，最先使用“从勒达的蛋开始”这种表达方式的人好像是贺拉斯。贺拉斯在著作《诗艺》中对荷马赞不绝口。他说荷马在描述特洛伊战争时，没有从 AB OVO（也就是勒达的蛋的传说）开始，而是立即引导读者进入 IN MEDIAS RES（正题），这一点写得尤其精彩。

所以，AB OVO 是拉丁语，意思是“从蛋开始”，用于表达“凡事由开端决定”“一直追溯到源头”等意思，带有絮絮叨叨地说些无关紧要的事的色彩。

不过，就算不知道“勒达的蛋”的传说和贺拉斯的话，只要知道AB是“从……”，OVO是“蛋”的意思，从蛋是生命原初的象征这一点，就能觉察到“从蛋开始”其实是“从一切的源头开始，解开故事或问题的答案”。

可是似乎也有种说法，说惯用语AB OVO并非出自《勒达的蛋》。比如翻阅手头的兰登英语辞典，里面解释说在古罗马人的宴席上，最先上桌的是蛋，所以才有“从蛋开始”的表达方式。这个惯用语的完整版本——AB OVO USQUE AD MALA（从开始到最后），按字面意思来翻译是“从蛋到苹果”。据说罗马人的宴席上最后端出的是水果。

这个传统一直持续到文艺复兴时期。二〇〇一年，日本举办了“意大利年”活动，活动中展示的文艺复兴时期的正餐菜单上，最先上桌的也是蛋，最后是水果。只不过文艺复兴时期的人们吃的是煮鸡蛋，而罗马人吃的既不是煮鸡蛋，也不是煎蛋卷、荷包蛋，而是直接喝生鸡蛋，差不多等于享用正餐之前的餐前酒或前菜。

但是现在，不仅限于意大利人，欧美人普遍都不吃生鸡蛋了。虽然也有感冒时在马萨拉酒里放入生鸡蛋一口喝下，或是声乐家为了润嗓子而吞下生鸡蛋的情况，但这些东西已经称不上是料理了。

不止是生鸡蛋，现在的意大利人几乎不怎么吃鸡蛋类的菜，在早餐中也不会出现。大概只剩做意大利面的拌菜时，用蛋黄做增稠剂了吧。

宾馆的早餐，不管是日式的也好，西式的也好，其中一定有用鸡蛋做的料理。从这一点来看，AB OVO 也是“从……开始”的意思。哪怕是什么饭菜都不会做的人，煎煎鸡蛋还是会的。从学做菜的第一步这个意义来说，AB OVO 也是“从……开始”之意。

开场白有点长了，但在这本书中，我也想从蛋的故事开始说起。AB OVO（从头开始）追溯饮食生活的记忆，其中果然有关于蛋的片段。我的脑海中没有留下喝母乳或吃断乳食品的印象，对食物的最早的记忆，正是和蛋相关的。

那时父亲在帮我剥煮鸡蛋。我吃完一个，他又帮我剥好一个。我觉得很幸福，又狼吞虎咽地吃掉了。

“万里为什么这么喜欢吃鸡蛋？”

父亲有点吃惊，又点了一份鸡蛋。父亲的背后可以看见摩天轮，是在哪里的游乐园呢？这时，一个年纪比我稍大一点的女孩走过来，想把空盘子撤掉。我用力抓着那个盘子不放，女孩也抓住盘子的另一边使劲拽。

“万里呀，那个盘子已经不用了吧？”

父亲只好开口劝我。

“乖，把手松开。”

我抓住盘子的手指越发使劲儿。

“弓子，那个盘子等一下再收吧。”

店里的人对女孩说，但她也很固执。这时店员又端来一盘煮鸡蛋，我的注意力也许是转向刚上来的鸡蛋了，指头上的劲儿松懈下来。女孩抱着盘子，摔了个屁股蹲儿，呜呜呜地哭了起来。

脑海中的片断就到此为止。但这不是凭空想象出来的，而是回忆起了在现实中发生过的事情。妹妹出生前后，大概在我两三岁的时候，父亲似乎经常带我去游乐园，每次都让我吃最喜欢的煮鸡蛋。那次跟茶馆的女孩抢盘子的事还成了父母茶余饭后的谈资。

我为什么不想把盘子还给店里的女孩呢？原因到现在都记得很清楚。因为那个女孩生活在想吃多少煮鸡蛋就能吃多少的环境里，我太羡慕她了。

可能是吃太多鸡蛋招来了恶果，刚满四岁的时候，我得了严重的特应性皮炎，对包括鸡蛋在内的动物性蛋白质过敏。只是吃个泡芙，就全身奇痒难耐，不管是在电车上还是幼儿园里，都一定要把身上的衣服脱光四处抓痒。浑身的皮都抓烂了，风一吹就火辣辣地痛。欺骗鲨鱼被剥皮的因幡小白兔[①]的命运也降临到了我身上。母亲带着我去了许多家医院，所有的医生都得出相同的结论：需要每天注射类固醇。我幼小的心里也明白一吃鸡蛋就会遭受这样的痛苦，但还是很想吃。

升上小学之后，父亲一位当中医的朋友顺路来到家里，看了我的症状后，给我配了中药。连喝十天母亲煎的苦涩的药，特应性皮炎便痊愈了，过了四十多年也没有再复发过。

于是，我又可以随心所欲地吃喜欢的鸡蛋了，真是太好了。可是后来又因为别的理由难以下咽。

有一天，出了小学的校门，眼前有一大群吵吵闹闹的孩子围成一圈。我穿过人墙，看到一位头上缠着手巾的大叔盘腿坐在席子上，两旁各放着一个大纸箱，纸箱里有许多蓬蓬松松的黄球儿在唧唧地叫。我不知道活生生的小鸡竟然这么可爱。把它放在手掌上，它就用小嘴噌噌地啄我的指甲，还歪着脑袋，用黑溜溜的滚圆滚圆的眼睛盯着我看，真是可爱极了。旁边竖着一块写着“一只十元”的牌子。我立刻冲回家，倒出储蓄罐

---

①因幡白兔的故事出自《古事记》。白兔从隐岐岛来到因幡国，欺骗海里的鲨鱼排成一列让它踩着上岸，却被鲨鱼剥光了皮。大国主神的八十个兄弟告诉它用海水洗浴，再迎风晒干，结果它全身都受了伤，痛苦不堪，最后被大国主神所救。

里所有的钱，飞奔回去。

“我有三百二十元，给我三十二只。”我对大叔说。

但他却说：“母鸡是三十元哦。”

刚才没有注意，竖着的牌子上的确写着“母鸡三十元一只”。

“会生蛋的是母鸡，对吧？”

“啊，是的。”

“那么，给我十只母鸡，两只公鸡吧。”

“你随便挑自己喜欢的吧。”

虽然他这么说，但每只小鸡都非常可爱，我不知道该挑哪一只好。我把选好的小鸡一只一只地递给大叔，然后大叔一只接一只地扔进纸箱里。回家的路上，我一直看着箱子里唧唧叫的小鸡出神，过了很久才到家。母亲得知箱子里装的是什么东西，立刻板起了脸。

“不行。马上给我还回去！”

“不要嘛。”

“家里有小猫，它们会变成猫食的。”

“我会好好把它们关在笼子里，不让猫吃掉。以后我们就能吃到刚下的新鲜鸡蛋了。”

附近也有很多邻居在院子里搭了养鸡的小屋，所以我才这么说，但母亲毫不退让。

“它们不会长大的。只有柔弱的小鸡才会拿来卖，它们肯定过不了多久就死了。”

我担心地看了看箱子，有一只小鸡已经闭着眼睛倒在那里了，明明被别的小鸡踩来踩去，却站不起来。把它放在手掌上，它也只是偶尔软弱无力地抽搐一下。我飞一般地冲到校门前，但刚才的人们就像幻觉一样全都消失了。这时，我手中的小鸡已经断气，身体慢慢变冷。为了不让猫翻出来，我挖了一个深深的坑把它掩埋了。

剩下的十一只小鸡充满活力地跑来跑去，啄着从米店买来的饲料。可是，当天傍晚死了三只，第二天早上又死了三只。我眼睁睁地看着精神奕奕的小鸡逐渐衰弱下去，却无能为力，心里既痛苦又难过。到了第三天，只剩下一只小鸡还活着。我给它取名为P。它很健康，也在慢慢长大，也许会长成一只了不起的鸡呢。我抱着这样的期待养育着它。一个星期后，它变得活泼好动，可能是因为笼子里太拘束了吧，于是我把它放到院子里。P兴奋地在院子里走来走去，不断地用嘴这儿戳戳那儿戳戳，没想到竟抓到了虫子和蚯蚓，叼在嘴上，一副得意扬扬的样子。突然，眼前掠过一团黑影，我吓得“呀——”地大叫一声，原来是经常在附近出没的野猫把P叼走了。就这样，连最后一只小鸡也没有保住。

之后整整一年，我连一点鸡肉和鸡蛋都吃不下。一想到在我手掌上断气的小鸡，就怎么也下不了口。不仅是早上的生鸡蛋，我连蛋包饭、鸡蛋羹和加了鸡蛋的烤薄饼都难以下咽。

大概过了一年，有一天，我嘴里塞满卡斯提拉蛋糕的时候，妈妈说："哎呀，那里面加了很多鸡蛋呀。"我眼前立即浮现出微微抽搐着死去的小鸡的样子，眼泪涌了出来，但还是继续吃蛋糕。倒不是破罐子破摔，而是卡斯提拉蛋糕实在太好吃了。那时，我学会了放下窗帘，将小鸡的身影挡在外面。

无论是吃东西还是生存，都是多么残酷、多么罪孽深重的事情啊。杀生的罪恶感与满足口腹之欲的愿望在心中争斗，慢慢学会接受这种矛盾，才能长大成人吧。

从那天开始，我又可以吃鸡蛋了。关于猪、牛和羊，也有类似的故事。

直到现在，看到用肉和鸡蛋做成的菜，我眼前还是会掠过小鸡和其他动物的身影。它们似乎在用可怜巴巴的眼神注视着我。但那只是一瞬间的事，我马上就开始狼吞虎咽，有时觉得像自己这样的人挺可怕。

比我善良、比我意志力强的人才能成为素食主义者吧。据说希特勒也是素食主义者。

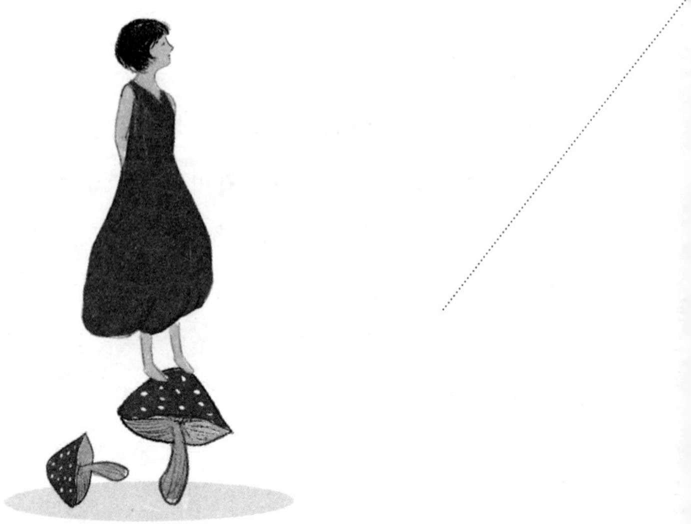

第一乐章

Russian Rhapsody

喝要死，不喝也要死，

无论如何都要死的话，

不喝就太浪费了。

俄国谚语

“喝”当然指的是喝伏特加

围绕着伏特加的两个谜

最好喝的伏特加，理想的酒精度数既不是三十九度也不是四十一度，而是四十度。这是 D. I. 门捷列夫的世界性历史大发现。他就是日本高中教科书里那位发现化学元素周期律的化学家。在拙著《俄罗斯今日也很荒凉》里写过这件事后，有不少人向我打听这个传闻的出处。

俄国从十八世纪中期开始出版许多与酒有关的书，我手头的书也是每两本就有一本记载了门捷列夫的事（我信以为真，所以写了这个故事），但至于是什么时候，又是在哪里如何发现的，则完全没有提到。这也难怪，所有的书都把重点放在描述伏特加对人类和社会产生影响的趣事上，对它化学和物理方面的特性漠不关心。也许对俄国人来说，这是最基本的常识，并不值得写成文字。我本来以为是这样，可是一问喜欢研究学问的俄国人，大家居然都愣住了，可能是想掩饰难为情，竟然都把矛头对准了我："怎么说呢……你也真是爱管闲事啊。"

莫非那个关于门捷列夫的说法是假的？我不禁担心起来，于是开始翻查百科全书类的资料，发现资料中居然都没有提到这种国民饮料的诞生时间和地域，就算提到了，也是些与百科全书风格不符的暧昧模糊的记述。

刚才也说过，关于伏特加的书都是描写它与人类的关系（醉酒啊、酒精中毒现象啊）的作品。就在几乎想放弃的时候，我偶然发现了V.V.波赫列布金的力作《伏特加的历史》。该书于一九九〇年第一次出版，一九九四年再版，一九九二年在英国翻译出版时博得热烈好评，并获得朗格·赛拉图奖（一个颁发给酒文化史著作的权威奖项，评审由意大利、英国、法国及德国代表组成）等八个奖项。波赫列布金写这本书的目的是查明伏特加诞生的时间和地点，但为什么要做这样一件事呢，起因很有意思。

一九七七年，几家西方企业声明他们拥有伏特加的制造专利和使用伏特加这个名称的独家许可，试图把苏联产的伏特加赶出市场。他们声称自己比苏联企业更早开始生产伏特加，认为苏联开始生产伏特加，是在一九二三年八月二十三日苏联中央执行委员会和苏联人民委员会通过的条例生效之后，而他们在一九一八年至一九二一年间就生产和贩卖伏特加了。

的确，那个时期，逃亡的俄国企业家在西欧各国及美国设立了伏特加生产公司（比如斯米尔诺夫、戈尔巴乔夫、皇太子、克古列比奇）。而苏维埃政府从一九一七年十二月一日起禁止在国内生产伏特加，大约六年后的一九二四年，这个禁令才解除。

可是，沙皇俄国在第一次世界大战期间就制定了禁止制造和贩卖伏特加及酒精饮料的禁令，一九一七年二月的临时政府继续执行这条禁令，一九一七年十月革命后，政府颁布禁止制造和贩卖伏特加的条例，只不过是延长了沙皇俄国禁令的适用期限。无论是从法律手续还是史料依据上，都很容易证实这一点。这反而证明新政府继承了制造和贩卖伏特加的垄断权。一九二三年八月二十三日并不是伏特加在俄国的诞生日，它的诞生日至少要比流亡者开始制造伏特加的一九一八年早得多，这一点得到了法律和国际社会的认可，所以诉讼很快就被撤销了。

想不到事件平息后没多久，还是一九七七年，本是兄弟国家的波兰政府又向海牙国际法庭提起了诉讼。

“伏特加的故乡是波兰，其他国家产的蒸馏酒使用伏特加这个商标名称是违法的。”

他们声称波兰王国在十六世纪中期就开始制造伏特加了。

对苏联政府来说，这无疑是突然被同伴从背后捅了一刀。

尽管如此，苏联人起初还是摆出一副轻松的样子。

“伏特加诞生于俄国是全世界都知道的常识。”

这不过是没有根据的自信和厚脸皮。看看欧洲生产的蒸馏酒，全都有确凿的史料依据和明确的诞生时间。科涅克酒诞生于一三三四年，英格兰的杜松子酒和威士忌诞生于一四八五年，苏格兰威士忌诞生于一四九〇年到一四九四年间，德国的白兰地大约诞生于一五二〇年到一五二二年间。对拥有国际市场的东西来说，难以捉摸的国民感情和传统根本不值一提，必须提供有信服力的史料和有法律效力的证明。

一九七八年，国际法院进行调停，宣布延期一年开庭，给苏联和波兰政府一年时间。接到这个消息后，苏联果实制品进出口公团委托两家国有研究所进行调查，在第二年春天完成了《伏特加的历史》的原始资料。经过审议，国际法庭于一九八二年撤销波兰的诉讼，承认伏特加为俄国特有的酒精饮料，并承认伏特加商标在国际市场上的排他权。于是这件事得到了国际认可：伏特加的故乡是俄国，诞生于一四四六年。

不过，用伏特加这个词称呼蒸馏后的谷物酒仅有一百五十年的时间，很难从典籍中找出依据。正因如此，这项研究才变得像跌宕起伏的推理小说般有趣，只能按照时间顺序，从酿酒技术和语源学两方面来对伏特加追根溯源。

十四世纪末，热那亚商人首次将葡萄酒蒸馏而成的烈性酒带入俄国，但当时并没有受到关注。十五世纪初，烈性酒开始从佛罗伦萨源源不断地运进莫斯科公国，公国政府认定这种饮料有害，并禁止进口。

一四四六年至一四四七年，俄国开始蒸馏国产黑麦酿造的酒（制造伏特加），同时沙皇下令垄断伏特加和蜂蜜啤酒等酒类饮料的制造和销售。

根据《伏特加的历史》所言，直至现代，俄国的酒类制造和销售基本上都被国家垄断。奇妙的是，几次短暂的解禁正与伊凡雷帝统治后的混乱、彼得大帝掌权前的动乱、第一次世界大战到十月革命后的内战时期，以及苏联解体后的叶利钦时代等剧烈动荡时期重合。

> 国家对伏特加的垄断，常常是权力坚如磐石、社会状况十分稳定的象征。内政安定一旦被破坏，伏特加就会“摆脱控制”……伏特加真是衡量社会安定的优秀指标。
>
> ——《伏特加的历史》

十九世纪末，俄国政府决定垄断伏特加的制造和销售，这是自十五世纪以来的第四次垄断。在准备阶段，为了提高伏特加的制造技术，政府委托门捷列夫博士分析伏特加的成分。当时普通伏特加中水和酒精的配比是一比一，这样酒精度数（酒精体积占混合液总体积的百分比）是四十一度到四十二度。与水混合后，酒精会发生凝固，因此水与酒精的体积比在混合前后并不相等。门捷列夫一点点改变配比，反复试饮，最终发现一升伏特加的质量为九百五十三克、度数为四十度时格外好喝。一升质量为九百五十一克时是四十一度，为九百五十四克时是三十九度，无论哪一种，口感和对人体产生的生理作用都不尽如人意。根据门捷列夫的理论，俄国政府在一八九四年申请了伏特加理想配比的专利。而且，当时几个称呼黑麦蒸馏酒的名词中，门捷列夫坚持认为伏特加才是最合适的名称。不仅是理想的配比，连伏特加之所以被称为伏特加，都是门捷列夫的功劳。

在圣彼得堡大学附属的门捷列夫资料馆兼博物馆，有位I.S. 德米特里耶夫博士对波赫列布金这个结论产生了怀疑。他立即写信给波赫列布金，请对方出示论点的依据。波赫列布金没有直接写信回答，而是在《灯光》杂志上发表了激烈的反论《研究门捷列夫的专家兼化学博士竟一无所知！》。当然，德米特里耶夫博士也在《科学史技术史的诸问题》杂志上发表了反论。该杂志为了声援德米特里耶夫博士，还刊登了 L.B. 邦达连科的论文《关于俄国酒精度数测定法的变迁》。

居然有日本学者在认真地关注这场从一九九七年持续到一九九九年的争论。他就是在东京工业大学教授科学史的梶雅范。梶教授的结论是：“门捷列夫认定四十度是伏特加最佳度数的事实并不存在，他做过伏特加是否在四十度时味道最佳的生理学实验的事也是子虚乌有。的确，门捷列夫在一八六五年制造出无水酒精，并用它详细测定了水与酒精混合液的比重，也加入了当时为选定酒精比重计而成立的委员会。但是，在确定税率用的基础比重表中，俄国没有采用门捷列夫的数据，而是采用了之前的德国学者特莱勒斯的……也就是说，波赫列布金基于十九世纪六十年代门捷列夫的活动和博士论文就得出结论，未免有点操之过急了。”

综上所述，门捷列夫发现伏特加的理想度数是四十度完全是民间传说、空穴来风。

不过，门捷列夫对伏特加倾注了非同一般的热情，这似乎是毫无疑问的事实。俄国人想把俄国最有代表性的酒和最有代表性的化学家联系在一起，这种心情是可以理解的。他们对伏特加非同寻常的热情是从哪里来的呢？连日本俄罗斯研究界第一人袴田茂树也卷入了这种热情的旋涡，他不仅有众多俄罗斯朋友，妹妹也是俄罗斯下议院得力的议员。

> 我知道，在俄罗斯，不管什么场合，只要出现一个伏特加酒瓶，就会完全变成另一个世界。这时，酒瓶会发出奇异的光，而我固执地相信，看不见这束光的人没有资格谈论俄罗斯。
>
> ——拙著《俄罗斯今日也很荒凉》解说

这束奇异的光到底起源于什么？隐藏在伏特加中的感情起源于怎样的背景？

《面包和盐》（R.E.F. 史密斯、D. 克里斯蒂安合著）帮我解开了长久以来的谜团。也许你会想，为什么我要特意把英国研究者的《从饮食生活看俄罗斯社会经济史》（该书的副标题）翻译成日语，但这本著作可以彻底打消这种疑惑。

从编年史、公文到统计表和外国人的旅行记，再到大黑屋光太夫口述的《北槎闻略》，这本书引用了众多趣味盎然的资料。整本书的点睛之笔是讲述在俄国农村，比起经济效益，伏特加更多的是在节庆活动中发挥作用那一段。

“与几乎所有的节庆食物一样，酒精在为人们补充营养的同时，也拥有社会意义。有谚语说，‘喝完酒跳舞是为了别人，吃完饭睡觉是为了自己’，‘没有面包不能干活，没有伏特加不能跳舞’。”

“有时户主急着除草、脱谷或者搬运建筑材料，会叫来许多人一起帮忙。虽然没有报酬，但一天结束后，通常会拿出许许多多的食物和烧酒招待他们。这比支付酬劳更有吸引力。”

这是农村集体间相互扶助的象征，同时书里也写道：“人们一起热火朝天地干活，还受到丰盛的款待，那种氛围很像节庆。”

“她（女主人）拿出伏特加、烤馅饼，竭尽全力地做美味的食物……想方设法满足人们的要求，款待大家。来帮工的人们通常都干得很起劲，尤其女性更是如此……人们在充满欢声笑语的热闹气氛中干活儿，好像工作本身就是嬉戏……这不叫‘劳动’，应该称作‘互助’。”

书中也十分详细地阐述了随着资本主义货币经济的渗透，这种集体型人际关系慢慢消失的情况。

只要眼前有伏特加，俄罗斯人就会找回隐藏在心底的祖先的记忆，瞬间回到大伙儿一起庆祝节日的气氛中。

“没有比他们更理想的酒友了，但当生意伙伴的话，就……”

一位已经退休的日本贸易公司职员如是说。

旅行者的早餐

“最近俄罗斯怎么样？”

到达莫斯科机场后，我向来迎接的友人打听，结果他装模作样地凑到我的耳边说：

“听说，这次可能要撤销紧急情况部了。”

“啊，这又是为什么？！”

苏联解体为十五个共和国前后，各地爆发了激烈的权力斗争和民族纷争。这些纷争此时仍在持续。各共和国政府每天忙于应付这些问题，陆续设立了专门应对危机的紧急情况部等部门，而这个部门居然要被撤销了。

“有点意外。俄罗斯社会看来也不是很安定呀……”

“嗯，所以才要撤销。每天都有紧急情况的话，就不叫紧急情况了吧。”

这是俄罗斯人擅长的幽默。不管面对多么艰苦和残酷的现实，他们都能一笑了之，这种坚强的性格着实令我佩服。

会讲趣闻和笑话是俄罗斯人必备的素养，一般的俄罗斯人至少要储备五百个小笑话。再一本正经的优等生也要储备三百个小笑话，才像个堂堂正正的大人。

熊频频出现在俄罗斯人喜欢的小笑话中，这莫非是国情决定的？伊索寓言里有个带有教育意味的故事，两个旅行者在森林里遇到了熊，其中一个人马上抛下旅伴爬上树，而被抛下的那个人因为装死而得救。俄罗斯民间故事、民谣及谚语中熊的出场频率，让日本民间传说中狐狸的出场频率望尘莫及。

相当于“未打狐狸先谋皮”的俄罗斯谚语是“打死熊之前先考虑皮的用途”，与“丑女爱情深”对应的说法是“熊的亲切”。“熊的亲切”出自一首寓言诗。有只蚊子落在兔子的脸上，熊好心想帮忙打蚊子，于是用前掌拍了一下，结果兔子一命呜呼了。作者是被称为“俄国伊索”的克雷洛夫。

也许俄罗斯人在现实生活中遇到熊的概率很高，所以才对其爱恨交织。熊不仅是俄罗斯大马戏团最受欢迎的节目中的成员，连裹着一层巧克力的威化饼干“米什卡”，名字也来自熊的爱称，巧克力的颜色和熊的毛皮一样。莫斯科奥运会的吉祥物是叫“米什卡”的小熊玩偶。在政治漫画中，俄罗斯人经常被比喻为狰狞、粗野而愚蠢的熊。

总之，俄罗斯现代民间笑话中经常出现熊，说是理所当然，也确实是理所当然。比如下面这个故事。

有个男人旅行的时候，一大早在旅馆附近的森林里散步，遇到一头巨大的熊。他一溜烟地逃走，可熊紧紧在后面追赶。他忘我地跑啊跑，回过神来才发现自己跑到了悬崖边，看了一眼陡峭的绝壁下方，吓得身子发软。要是掉下去就没命了。就在他无处可逃的时候，本来远远落下的熊追了上来。被逼到穷途末路的男人不禁向上天祈祷。

“啊，我们在天上的父，请将虔诚的基督徒的灵魂授予这可怕的野兽吧！阿门！”

话音未落，熊咚的一声跪在男人面前，将两只前爪合在胸前，开始喃喃自语。

“我们在天上的父……”

咦，是幻听吗？不，这听起来像是人类的语言。这莫非是祈祷的姿势？也就是说，上帝应允了我的祈祷。呀，这真是奇迹。男人高兴地暗暗握紧了拳头。此时，熊还在继续祈祷。

“……感谢您赐予我美味的早餐，阿门！”

受欢迎的故事口口相传，不受欢迎的就会被淘汰，这是口传文学的特点。我本以为这则故事在遭遇熊的小笑话中算是杰作了，没想到大部分俄罗斯人都没听过。相比之下，下面这一则分明不怎么样，我遇到的俄罗斯人却不知为何都知道。而且，明明连结局都知道了，在讲述或是听别人讲这个笑话的时候，他们还是笑得差点儿晕过去。

> 有个男人在森林里遇到了熊。熊马上质问男人：
> “你是什么人？”
> “我是旅行者……”
> “不，旅行者是老子，你是旅行者的早餐。”

俄罗斯人经常听到许多堪称杰作的小笑话，欣赏能力理应已大大提高，听到这个只能骗骗小孩子的莫名其妙的笑话，为什么还会捧腹大笑呢？很长时间以来，我都觉得不可思议。后来才得知它好像与“旅行者的早餐”有点关系。起因是下面这个天真无邪，或者说索然无味的故事。

> 一次密林深度游活动，第一天就被参加者投诉：
> “宣传小册子上明明写着附带早餐，为什么没有？”

“对啊，对啊，肚子饿死了。这不是欺诈吗！”

面对愤怒的参加者，导游从容不迫地告诉大家：

“各位，森林里到处都藏着果实和蘑菇。清澈的小河里不是隐藏着红点鲑，树底下不是潜伏着野兽吗？密林，才是旅行者的早餐的宝库。”

听到“旅行者的早餐”，俄罗斯人一下子就沸腾了，撇下我和听我翻译的日本人不管，自顾自地哈哈大笑。结果日本客户都对我的俄语能力失去了信任。

所以，这对我来说是个很重要的问题，我只好动手查阅各种资料。可是，不管是词典还是克雷洛夫的寓言集，惯用句词典还是典故词典里，都没有关于“旅行者的早餐”的记载。

“‘旅行者的早餐’到底是什么？”

我问俄罗斯的好朋友，“咳咳咳咳……”他们却在电话另一头忍俊不禁。只要一出现这个词，他们好像就控制不住自己的笑意。但大家都像约好了似的对原因讳莫如深。

“这个啊，是在苏联生活过的人才能理解的笑话。对不相关的人解释，他们也不会懂啦，呵呵呵呵。”

所以有很长一段时间，为什么俄罗斯人对“旅行者的早餐”会产生过度的反应，我甚至连弄清楚的机会都没有。

后来，从莫斯科大学的斯特里扎克老师那里听来一则小笑话，才解开了这个疑问。

“日本的贸易公司好像从我们国家收购了不少‘旅行者的早餐’。”

“怎么可能。那么难吃的东西，除了俄罗斯，其他国家会有人吃吗？”

“不，好像不是为了罐头里的东西，听说是用来做罐头的白铁皮的质量非常好。”

原来，苏联曾经有种以难吃著称的罐头叫“旅行者的早餐”。把普通的名词直接当商品名称用，这种简单粗暴的起名方式很有苏联风格。

顺便说一下，我在日本经常去的商业街上的肉铺叫“大黑屋”，酒铺叫“川越屋”，鱼铺叫“田口”，钟表店叫“天下堂”，每家店都有自己的名字。而在苏联，店铺没有富有个性的名字，招牌上只是冷漠地用大字写着“肉”、“酒”、“鱼”、“钟表”之类的名词。面朝红场的庄严华丽的建筑里有家百货店，它的名字叫 GUM（国有百货店的首字母）。商品名称也是如此，为了不让人们产生“弄错了也无所谓，我就是要买”的念头，采用的都是极为冷漠的风格。

“旅行者的早餐”这种罐头的名称，同样反映了把生产视为神圣，把商业活动尤其是促进销售的努力视为罪恶的禁欲式审美意识。

这个暂且不提，我心想一定要尝一尝它的味道。有次去俄罗斯出差的时候，顺路去了一趟超市，果真看到了这种罐头，居然有牛肉、鸡肉、猪肉、羊肉、鱼肉五种口味。打开看看里面的东西，味道和模样像是把肉和豆子、蔬菜一起煮过，然后凝固而成的，没有烂到糊状的地步。对了，跟狗粮罐头很像。这个再加上面包和饮料的话，大致能保证营养均衡。至于味道……在山里走了一天，一点东西都没吃，空着肚子睡到第二天早上的话，或许会觉得好吃吧。

为了写这篇文章，我特地请驻莫斯科的报社和电视台的特派员以及贸易公司的朋友们帮忙，再次购买这种罐头，但据说最近很少见到了。本以为是过渡到市场经济后，终于不再生产卖不掉的罐头了，却偶然看到演员伊戈尔·亚斯洛维奇刊登在热门杂志《灯光》二〇〇一年五月号《二十世纪博物馆特辑》上的文章。

我觉得没有人会忘记“旅行者的早餐”。那大概是把某种肉类与富含淀粉的谷物蒸煮后混合成糊状，舀一勺尝尝，也猜不出用了什么材料。从名称上来看，应该是为了在远足或旅行时食用而制造的。旅行者有很多，但去旅行时想带上“旅行者的早餐”的人却没几个。为什么呢？当时流行的歌里唱道“因为背包塞满了，放不下了呀”。当然，不受欢迎的原因不止这一个。坦白说，我自己也对那个罐头里的东西抱有极大的疑问和不安。“旅行者的早餐”价格低廉，相应地，品质也很低劣。而且，人离家越远，越珍惜自己的胃。旅行者和定居者对它的评价都不高的原因就在于此。然而在计划经济下，生产是决不能停下来的。但是完全按照消费者的意愿，这种罐头很难卖出去，所以就把它和畅销的热门商品捆绑在一起销售。这种情况一直持续到九十年代。后来在物资极度匮乏的时期，它与别的食品一起从货架上消失后，就再也没有出现过。只有森林中遇到熊的旅行者被熊宣布为“旅行者的早餐”的小笑话留了下来。

看到这篇文章，才知道那个童话风味的小笑话与难吃的罐头名字相同并不是偶然，它本来就是为了揶揄这种不受欢迎的罐头而出现的。我微微有点感动。换了旁人，也许会阻止生产这种难吃又没销路的罐头的愚行，也许会努力改良使之变得美味，俄罗斯人却对它的生产和销售置之不理，只管努力发明揶揄它的小笑话。俄罗斯人的才能和精力似乎没有用在实处上，但因此在文学上获得的成就却让人肃然起敬。

说到难吃，有一种“西红柿煮海带”罐头，就连苏联解体前夕物资极为匮乏的时候，也堆在超市的货架上卖不掉。

“这个肯定很难吃”，虽然我是有了心理准备才买下来，但转动起子开罐头时，心里还是有那么一点点期待。

“也许开发出‘西红柿煮海带’的人，以及制造这种罐头的工厂领导都试吃过，觉得好吃呢。”

然而，果然相当难吃，难吃到无法用“味觉上的差异”这种善意的说法来搪塞。现在店里也找不到它的踪影了，可能是被撤下生产线了吧。

抱歉，说了不少关于难吃的罐头的话题。当然，俄罗斯也有很多既便宜又好吃的好东西，会让人暗自开心：“嗨，真是中头彩了。”

其中排名第一的就是鳕鱼肝罐头。

有位朋友十分迷恋法国文化，常以美食家自居，甚至到了有点矫揉造作的地步。我有一次给他端出搭配白葡萄酒的鳕鱼肝，当然没有告诉他是什么。他在法式面包上涂了厚厚一层，一口咬下去，满足地笑着评价道："Pas mal（不错嘛）。这个肥鹅肝相当不错嘛。"

此后，我常常用它充当肥鹅肝招待来访寒舍的客人，所幸大多数人从来没吃过肥鹅肝，所以这件事至今还没有败露。其实我只吃过两回鹅肝，所以判断不出它到底有多像真货。

也许我会被冠上流行的罪名"商品信息造假"，但用不到肥鹅肝罐头百分之一的价格，就能买到味道几乎相同的替代品招待客人，实在难以停手。当然，用它来赚钱的话就是令人发指的诈骗行为了，但自家用来待客，又能让客人心满意足，不是让人很开心吗。

那么，为什么在这里泄露隐瞒了很久的"商业机密"呢？因为最近根本找不到这种鳕鱼肝罐头了。

俄罗斯的食品店现在充斥着精美的进口产品。在市场化、自由化的名义下，本地那些装在土里土气的容器里，但又不可思议地引人注目的罐头食品被陆陆续续赶出了市场。

鳕鱼肝罐头当然也逃不过这一劫。这样一来，连"旅行者的早餐"和"西红柿煮海带"都令人怀念了。

围绕鱼子酱的虚虚实实

多年前，在巴黎的饭店里发生过一起俄罗斯男子因伤害他人被捕的事件。当事人——年轻男子 A 哭着向赶来的俄罗斯驻法国大使馆职员申诉："我平白无故遭到了种族歧视。"

这件事在媒体界引起了一阵骚动，但弄清事件的详细经过后，媒体就归于平静了。不久，各家报纸的社会新闻版都刊登了事件的大致过程。下面便是从社会新闻版的报道中还原的事情全貌。

A 和恋人来到一直向往的巴黎，在市内观光时进了一家饭店。A 声称自己的法语非常好，叫恋人不用担心。其实他一句法语也不会。他忖度着，只要像鹦鹉学舌般模仿邻座的法国情侣点菜，应该就没问题了。

邻座的绅士先说了一句："Les huître，s'il vous plaît." 不一会儿就看见服务生端来令人垂涎欲滴的生牡蛎。于是 A 果断地照着刚才听到的绅士的话说：

“Les huître，s'il vous plaît.”

虽然有些忐忑不安，但同样的菜马上就送到了桌上。恋人开心地连声欢呼好吃。的确，这么新鲜的生牡蛎，还是有生以来第一次吃到。

竖起耳朵仔细听，邻座的绅士接着又点了“Potage du jour，s'il vous plaît”。

不久汤端了上来。A 看到这一幕，也重复了一遍绅士刚才的台词。

“Potage du jour，s'il vous plaît.”

虽然等了一会儿，但确确实实上了和邻桌一样的汤。他感觉恋人的眼神里似乎多了一份尊敬，不禁有点难为情。不过，汤还真是好喝。邻座情侣的口味碰巧和我们一样呀。这时，从绅士嘴里说出一句“Répétez，s'il vous plaît”，一瞬间，A 下意识地模仿了这句话。

“Répétez，s'il vous plaît.”

然而，邻座端上的是小羊腿肉，A 和恋人这里却又端上了和刚才一样的汤。为什么?！为什么明明用相同的话点菜，给法国人端上的是小羊腿肉，给俄罗斯人端上的却是汤？A 对这种蛮横无理的区别对待很生气，但苦于无法沟通，只好放弃主菜继续喝汤。吃完小羊腿肉，邻座绅士又再次点菜："Répétez, s'il vous plaît."

服务生又端来了相同的菜。A 这次真的是原原本本重复了一遍绅士的话：

"Répétez, s'il vous plaît."

可是出现在眼前的依然是刚才的汤。A 气得发疯，猛地抓起手边的刀朝服务生捅去。

为什么会变成这样呢？也许你已经发现了，绅士喝完汤后又点了下一道菜，"Gigot d'agneau, s'il vous plaît"。那时 A 的汤刚好上桌，所以他听漏了。这是第一个不幸。第二个不幸，是绅士又点了两次小羊腿肉。第三个不幸，则是 A 明明不懂法语，却虚荣地不懂装懂。这并不仅仅是 A 的不幸，也是众多俄罗斯人的不幸。

无论是托尔斯泰的《战争与和平》，还是屠格涅夫的《贵族之家》，阅读描写十九世纪俄国贵族社会的小说，就能发现小说叙事部分明明用的是俄语，书中人物的对话却经常使用法语。现在为了方便读者，出版社会在法语句子的右上角添加注释标记，按编号在页面下方注释俄语译文。但据说首次出版时是没有译文的，也许认为读小说的人懂法语是理所当然的吧。能像法国人一样使用法语是当时俄国贵族必备的修养，新兴资产阶级拼命让孩子学习法语来拉近与贵族的差距，与庶民阶级的虾兵蟹将划清界限。法语素养也是有财力雇用法国人当家庭教师的证明，归根结底是社会地位的象征。

就像平安时代的贵族憧憬中国的先进文化一样，俄国人对法语和法国文化同时怀抱着憧憬和自卑的情绪。第四个不幸，就是这种对法国文化的自卑，依旧根深蒂固地留在现代俄罗斯人的基因中。

“A 在那种情况下立刻觉得受到歧视，产生了被害者意识，背后肯定有非常严重的自卑情结。”

告诉我这件事的塔季扬娜评论道。俄罗斯市场近来不断自由化，美国文化如怒涛般涌入，由英语的 inferiority complex 直译而来的“自卑情结”一词仿佛也流行起来了。

“不，还有第五个不幸。”

我忍不住小声说了一句，塔季扬娜颇有点意外的样子。

“嗯？你想说什么？”

“把它说成不幸可能不太对劲，但要是十九世纪初，法国没有引进俄式服务的话……”

说到这里，塔季扬娜露出理解的神色，继续听我说下去。

“嗯，如果是法式服务的话，这件事就绝对不会发生了。”

法国菜依照前菜、汤、主菜、奶酪、甜品的顺序一道一道上菜。在《新拉鲁斯料理大百科》中查“服务”一词，我们会发现这样的上菜方式对应的是俄式服务。法式服务一直到十九世纪初都是主流，所有的菜式一起端上桌，客人挑自己喜欢的东西吃就好，不用一次一次地向服务员点菜。辻静雄最先在日本介绍真正的法国菜与餐饮文化，他是这么说的：

> 法式服务一次把许多菜摆上桌，热的东西没法趁热吃，冷的东西也不能趁冷吃，表面上看起来很豪华阔气，其实有很多缺点。
>
> ——《辻静雄著作集》

另一方面，在十九世纪初，沙皇俄国驻巴黎的大使库拉金大公开始推广俄国的传统服务。

> 所谓俄式服务，用一句话来说，就是用餐的时候只将甜品、插花和拼盘（surtout）摆在桌上，菜一盘一盘（plat a plat）地上。（中略）现在我们所说的法国菜的用餐顺序和餐桌礼仪，指的都是这种俄式服务。
>
> ——《辻静雄著作集》

辻先生解说道，因为冷的东西趁冷吃，热的东西趁热吃，在最美味的状态下提供给顾客的方式更合理，所以旧的法式服务迅速被淘汰了。这不仅给服务方式，甚至给法国菜本身都带来了革命性的变化。

不管是辻先生、《拉鲁斯料理大百科》还是其他法国文献，都极力称赞库拉金大公在推广俄式服务方面的功绩。

本以为俄罗斯的文献也以此为傲，没想到他们却认为俄式服务在俄国的普及要归功于马利·安东尼·卡莱姆和他的弟子们。卡莱姆是当时法国首屈一指的名厨和研究者，同时也是著名的作家。

十八世纪俄国统治阶级的餐桌上，不仅是菜肴，甚至连服务方式都倾向于法式。所以一八一〇年左右，法国已经开始流行俄式服务，大多数俄国贵族却还在推崇法式服务。一八一五年，卡莱姆访问俄国，在短暂的停留时间里埋头发掘俄国的传统饮食和服务方式，托他的福，十八世纪以前的几种餐点重新出现，旧式服务也得到恢复并推广开来。

在俄国短暂逗留期间，卡莱姆对俄国菜进行详细研究，取其精华，指出外来食材的烹饪方法掩盖了俄国传统食材和烹饪方法的真面目。传统的食材和烹饪方法应该摆脱这种境地。俄国的继承者们将他掀起的这场改革持续下去。首先是上菜的顺序发生了变化，一盘一盘上菜的传统俄式服务取代了十八世纪风行的一次上齐的法式服务。同时，菜品的数量被减少到五至六盘，增进食欲的简单菜品和能饱腹的菜品交替上桌。

——V.V. 波赫列布金 《苏联的传统饮食》

莫斯科 一九七八年

有这些常识的人第一次参加俄罗斯人的聚会时，一定会发出充满疑问的感叹。

“咦，俄国菜不是以俄式服务来招待客人呀。说起来，到现在还是偏向法式服务？”

这也难怪。桌上挨挨挤挤地摆着好几种菜，不留一点空隙，其实都是冷盘，但许多日本人吃完这些肚子就饱了，等热腾腾的前菜、汤、鱼和肉一盘一盘端上来的时候，他们只能面面相觑、不知所措。

冷盘里经常出现煮鲟鱼片，不知是不是烹饪方法有问题，口感干巴巴的，有种石油般的古怪味道，大部分日本人都难以下咽。

“这是什么东西？”

他们吃上一口，肯定会露出惊讶的表情。

“是鱼子酱的爸爸吧。不对，可能是妈妈。”

“鱼子酱……难道是那种黑鱼子？”

说到黑鱼子，那可是与松露、鹅肝齐名的世界级珍馐，是餐桌上的精华。在东京的高级食品店里，一百二十八克黑鱼子要卖两万日元。细细品尝，也许会品出不同的味道吧。日本人又吃了一口，不禁皱起眉头。

“看来好吃的地方都长到孩子身上去了。”

鲟鱼子以黑海和里海产的尤为珍贵，无论是在苏联时代还是现在，都是赚取珍贵外汇的出口商品。它不仅滋味鲜美，还涉及庞大的经济效益，因此被奉为黑钻石。

然而第二次世界大战以后，重工业高速发展，让鱼子酱的爸爸妈妈们倒了大霉。与鲑鱼、大马哈鱼、鲱鱼一样，鲟鱼回到自己出生的河里产卵。可是在赶超美国的口号下，工厂陆续兴建起来，排出的废水导致河流与海洋的污染加剧。流入里海的伏尔加河等河流沿岸建造了好几处发电站，再加上进入七十年代后里海的水位急速下降，导致鲟鱼失去了产卵的场所。鲟鱼是曾和空棘鱼生活在同一时期，在三亿年前就出现的古生鱼类，能一直存活下来已经是奇迹了，而现在数量却在急剧减少。

惊慌的苏联政府为了防止资源枯竭，开始采取禁渔和投放人工繁育的鱼苗等措施，并认真调查和研究鲟鱼的生态。

鲟鱼虽然会回到河里产卵，但与鲑鱼和鲱鱼不同，它们产卵后不会死亡，能按照一定的周期重复产卵，可以活一百多年，十分长寿。因此，母鱼成长到产卵期就需要十年或十年以上的时间，可是被捕杀后剖开肚子取出鱼子，就只能烹煮或油炸，成为人类的盘中餐了。想到它原本能继续活下去，并定期产卵，这是多大的损失啊。这一点引起了研究者们的重视，他们开始想办法让一条母鱼多次产卵。诀窍是不捕杀母鱼，只让它们暂时休克，进行剖腹产手术，取出鱼子后，再在开口处装上用特殊纤维制造的拉链（日本引以为豪的 YKK 开发生产）。

当然，对非法捕鱼和走私鱼子的监管也非常严格。旅客从俄罗斯出境时，要在机场和码头的海关用金属探测器检查随身行李。在其他国家，这一般是检查是否非法携带枪支和贵金属，但在俄罗斯主要是检查是否带有装鱼子酱的容器，因为装鱼子酱的瓶子带着金属盖。如果没有完税凭证，一旦发现鱼子酱就会立即没收。

当然，也有聪明人把鱼子酱从瓶子里倒出来，装进特百惠盒子里蒙混过关。不过，鱼子酱本是真空包装，瓶子还经过杀菌消毒，装进特百惠盒子后会马上变质，让那些“聪明人”尝足了知识浅薄的苦头。

俄罗斯产的鱼子酱，明明批发时用的是罐头，为什么零售的时候却绝大多数是瓶装，只有盖子是金属的呢？用金属盖子的理由也许用以上所说的事例解释得通，但为什么要装在玻璃瓶子里呢？

上次陪同使团访问俄罗斯远东地区时，这个谜得到了解答。

在某家饭店里吃饭时，服务员问我们：“要买蟹肉罐头吗？”

“我非常喜欢日本人，就以成本价卖给你们吧。”

他用熟练的手法打开罐头，凑到我们的鼻子前。

“看，这是肉厚多汁的最上等货色，刚在工厂里装好送过来。一罐三美元怎么样？”

他一副不买就亏了的口吻。四十多个日本人被他的话诱惑，一个接一个地把罐头拿在手里看。

“喂，这个在日本的百货商场里，一罐不下三千日元吧。”

一个人这么评论道，另一个人也接着说：“这么一说，年末的礼盒里三罐装的价签上写着一万日元呢。”

于是饭店里骚动起来，就像捅了马蜂窝一样。

“啊，那给我两打吧。”

“我要三十个。”

蟹肉罐头瞬间就卖得一干二净。没买到的人差点都要哭出来了。

“明天，我帮你们送到宾馆里去。”

有这么贴心的提议，订单蜂拥而至自然不在话下。当然，我也买了一打罐头。

回国后的那个晚上，我决定做蟹肉炒鸡蛋。这道菜最好用大火一气呵成。把别的材料都准备好之后，我兴奋地打开蟹肉罐头。

咕噜咕噜。

难道是幻听？不对，确实听到了海浪般的声音。

咕噜咕噜。

“啊！”打开罐头之后，我的嘴巴半晌都没有合上。罐头里面装的是水。急忙打开另外十一罐，也都是货真价实的水。这时忽然想到，鱼子酱如果装在罐头里的话，可能早就有人玩弄这种骗术了。更何况就算外观看起来是鱼子，也不能掉以轻心。市面上也有人打着冒牌货的旗号，将圆鳍鱼和飞鱼的鱼子染黑来卖，但即便当作真货卖，其实不吃吃看也不知道。

不过，山外有山，人外有人。二十多年前莫斯科发生过这样一桩事。有一天，有人买了鲱鱼罐头，打开一看，发现里面装满了鱼子酱。哪怕是在俄罗斯，鱼子酱也是平民百姓可望而不可即、轻易吃不到的东西。

“太好了，这真是赚到了。”

大部分人都默默地接受了这份幸运，只有模范警官A的夫人与众不同。

“这有点不对劲。”

她从中嗅到一股犯罪的味道。

以此为契机，三十多年来遍布苏联渔业界的鱼子酱走私集团逐步曝光。高官和政治家接二连三地落网，当时主管渔业的官员也与之脱不了干系。令人震惊的是，这件事导致长年参与日苏渔业往来的渔业部长叶西科夫突然下台，甚至有谣言说他被枪杀，但其实是子虚乌有。

这种用鲱鱼罐头装着鱼子酱运到外国黑市的犯罪手法令人拍案叫绝。鲱鱼价格便宜，所以谁都不当一回事，巧妙地骗过了海关人员和贸易监管员。

在这个过程中，不知是组织底层的哪位人士搞砸了，让装着鱼子酱的鲱鱼罐头流入了市场，走私集团才被一网打尽。

另外，在鱼身上装拉链的说法也是假的，与YKK当然也没有关系。但日本人的确找出了重复采集鲟鱼卵，让母鱼继续存活下去的方法。以下是在网络主页（Kurisan’s HomePage）上找到的文章。

有人试图从一条母鲟鱼身上多次采集鱼子。一九六五年左右，当时担任江之岛水族馆的馆长，现为野生水族繁殖中心代表的广崎芳次购入加拿大和苏联产的鲟鱼，在江之岛水族馆的水槽里展示。鲟鱼与鲑鱼、鲱鱼等产卵后死亡的鱼类不同，一生中能多次产卵，所以广崎先生决定进行人工采卵。

因为无法区分雌雄，他只好抱着最坏的打算，用手术刀沿着鱼腹正中切开，开腹后查看里面是卵巢还是精巢，然后再缝合。

另外，他发现只要压住体侧相当于鱼腰的位置，鱼在手术中也不会动弹，这样就不用麻醉了。如果切开的部分比较小，即使不缝合伤口，把鱼放回水槽中，被切开的肚皮也能依靠水压紧紧贴合。

广崎先生在里海沿岸的伊朗鲟鱼研究所里示范了这种手术。除了伊朗人，还有许多苏联研究者来到现场。据说半信半疑的研究者们看到剖过腹的鲟鱼第二天就活蹦乱跳地在水里游，先是大吃一惊，然后无比欣喜。

这件事被作为重大新闻大肆报道，由伊朗政府组织的“鲟鱼开腹手术”演讲会在德黑兰举办。此后，苏联渔业部也开始积极尝试开腹手术。

——水产杂学专栏第十五期《泰坦尼克号与鱼子》

一九九八年十二月

苏联解体后，国家财政破产，用于监管的预算和人员大幅削减，伴随着经济自由化和市场化的进程，追逐眼前利益的滥捕开始加剧。从一九九〇年开始，短短十年间，鱼子酱的生产总额跌到原有的四分之一。二〇〇〇年五月，《每日新闻》驻莫斯科特派员这样写道：

正式捕鱼量骤减，有可能停止出口

莫斯科二十五日讯 石乡冈建

俄罗斯渔业委员会宣布，世界三大珍馐之一、被列为俄罗斯重要出口商品的鱼子（鲟鱼卵）因捕鱼量骤减，有可能停止出口。如果出口停止，不免会对国际市场产生影响，可能造成鱼子价格高涨。

据权威媒体《生意人报》二十四日报道，占世界鱼子酱生产总量百分之九十以上的里海，每年有九百吨的捕鱼指标，其中五百六十吨属于俄罗斯。

然而由于伏尔加河污染、气候异常，再加上非法捕鱼等，今年的捕鱼量连指标的百分之三十都未达到，长此以往，拥有百年历史的俄罗斯鱼子出口数额有可能降至零。

当下，各国正在洽谈将鲟鱼列入“华盛顿公约”禁捕鱼类的名单中。这件事可以说迫在眉睫。

也许是预料到了这一点，世界各地纷纷开始研究制造假冒鱼子酱的技术，并开始养殖鲟鱼。日本是世界上数一数二的鱼子酱消费国，所以很多地方都建了鲟鱼养殖场。这些养殖场多数是以振兴低迷的本地经济为目的，由政府和民间力量合作建立的，比如在岩手县的釜石，以及青森、宫崎、神奈川等县的养殖场。算上试验性的和尚在规划阶段的，鲟鱼养殖场大概已经遍布日本所有的县了。鱼子的稀有价值和高昂价格深深抓住了人们的心。

不知是幸运还是不幸，由于鲟鱼成长到产卵期需要十年工夫，所以还没有养殖场开始出售鱼子酱。可是，我担心不久鱼子酱就会供过于求。因为数量稀少，因为昂贵，因为只能吃上一点点，所以吃的时候才伴随着真诚的喜悦。如果它像鳕鱼子一般大量出现在市场上，这种感恩之情一定会一落千丈。

哥伦布的礼物

旧大陆的人们开始知道西红柿、马铃薯、玉米等食材，是哥伦布一四九三年从美洲新大陆回国后的事。这些我们现在很熟悉的食材，当时普及的速度真是慢到令人昏厥。

众所周知，欧洲人最初把西红柿视为观赏性植物，把马铃薯当成令人恐惧的恶魔的食物。就像下一篇文章《直到马铃薯生根》里所写，马铃薯在欧洲各地都遇到了顽强的抵抗，直到十八世纪末才被法国人接受，在十九世纪中期以后才被俄国人认可。

然而不论是西红柿，还是马铃薯、玉米，现在都成了欧美饮食中不可或缺的食物。我们想象不出没有西红柿的意大利菜、没有马铃薯的德国菜和俄国菜、没有玉米的美国菜是什么样子。但直到十八世纪以后，它们才相继在欧美国家的日常食材中稳住了阵脚。

这种情况是不是很有趣呢?

说有趣，是因为一般来说，没有比味觉更保守的感觉了。即便在日本，许多在关西长大的人也很难接受纳豆和臭咸鱼干。出于类似的原因，旧大陆的人们才难以接受西红柿、马铃薯和玉米吧。

可是，有时候因为某种契机，比如遇上了饥荒或生存危机，或是忽然改进了烹调方法，或者只是出于单纯的好奇心，人们打消了味觉上的偏见，忽然察觉到这些东西究竟有多美味，那么这些食物便会以惊人的速度流传开来。把时间的尺度再放宽一些来看，一个民族或族群的味觉曾经发生过的翻天覆地的变化，甚至会令人瞠目结舌。

比如，玉米在一五七九年、马铃薯在一六〇一年、西红柿在一六七〇年左右，就被荷兰商船和葡萄牙商人带到了长崎，但都没有被日本人接受。明治初期，日本再次从欧美引进西红柿，以红茄子之名试种了一下，但因为散发出特殊的臭味而被人嫌恶，并没有推广开来。

西红柿和马铃薯成为日本餐桌上不可或缺的东西，是战后的事了。不仅是蔬菜，大多数日本人开始吃猪肉和牛肉，也都是明治以后的事情。甚至直到最近，还有人害怕喝了乳制品会长出角来。

最近由于世界人口急速增长，很多人大喊着粮食危机，我总觉得这是杞人忧天，因为人类开发新食物的能力可不容小视。蟑螂、乌鸦、褐家鼠一直在增多，把这些做成可口的菜肴，就能解决一部分粮食问题了。

“那么恶心的东西，怎么能吃得下去！”

也许你会这样说。然而就在一百年前，日本人也是这么看待西红柿和马铃薯、猪肉和牛肉的，而且，我觉得转基因食品比这些东西可怕得多。

直到马铃薯生根

“恋爱和马铃薯不一样，可不能随手从窗口往外一扔就了事哟。”

这句台词常常出现在俄罗斯电影和小说中。马铃薯对俄罗斯人来说，是与面包争夺主食之位的重要食粮，也是几乎每天必吃的日常食物。也许是因为太普通了，人们常常忘记它带来的恩惠，居然“随手从窗口往外一扔”。

日本薯类品种丰富，光看带“薯”字的词就有很多，例如红薯、芋头、山药、番薯、薯小哥等。[①] 对俄罗斯人甚至大多数欧洲人来说，“薯”就是马铃薯，可以蒸煮烤炸，切碎捣烂，做法和调味方式多种多样，但无论如何，它终究还是马铃薯。

或许是为了满足这庞大的需求，俄罗斯成了世界上最大的

①在日语中，“薯”和“芋”属于同一个词，意思和读音都相同。山药的别名为“土薯”。薯小哥为日本民间词汇，是对打扮土气的人的嘲讽。

马铃薯生产国，一年生产八千五百万吨马铃薯，轻轻松松便超越整个亚洲一年八千两百万吨的生产总额。

令人惊讶的是，与俄罗斯人如此密不可分的马铃薯，在俄罗斯的历史却很短暂。

众所周知，哥伦布一四九三年从新大陆回国以后，旧大陆的人们才知道马铃薯的存在。南美安第斯山脉地区（现在的秘鲁、玻利维亚、智利等地）的居民将马铃薯当作主食。马铃薯薯种被带回西欧，据说是在一五七〇年到一五八〇年左右。有种说法认为，完成这项伟业的是指挥海盗船的英国海军副提督 F. 德雷克。在奥芬堡有一座德雷克的铜像，基石上刻着“一五八〇年把马铃薯带到欧洲的弗朗西斯·德雷克爵士”。可是，我手头的百科全书否定了这种说法，因为“德雷克的海盗船从未靠近过新大陆的海岸”。伏尔泰·罗梅夫从弗吉尼亚州带来薯种的说法也流传甚广，不过所有的百科全书也认为这不过是传说，并未收录，原因是“弗吉尼亚人当时还不知道马铃薯这东西”。目前最值得相信的是由西班牙神父兼植物学家赫罗尼莫·科尔丹引进的说法。

传说科尔丹极力称赞马铃薯：“马铃薯是松露的一种，味道比栗子好。它是对人类有求必应的贤明的大自然赐给我们的食物。”不管怎样，一五八〇年，马铃薯的薯种到达西班牙港口，应该确有其事，虽然这种说法可能不知何时也会被推翻。

虽然引进者的名字暧昧不明，但首次记载马铃薯的欧洲人却众所周知，那就是西班牙人佩德罗·西埃萨·德·列昂。他曾在秘鲁逗留，并对秘鲁进行了在当时来说极为详细的研究，著有《秘鲁年代史》一书。

“PAPA（当时的秘鲁语，指的是马铃薯）是一种坚果，煮一下就会变得像栗子一样软，皮的味道比松露还要清淡。”

他还记载了当地居民庆祝马铃薯丰收的盛大祭典。

也许你以为科尔丹和列昂赞不绝口的理想食材瞬间便俘虏了欧洲人的胃，其实恰恰相反。哥伦布从美洲大陆带回的另一个礼物——梅毒（据说是西印度群岛原住民的风土病）眨眼间就在全欧洲流行开来，在接下来的十六世纪初，也就是一五一二年，梅毒甚至传到了远东的岛国日本（葡萄牙人来到日本是一五四三年，梅毒的传入更早一步），而马铃薯传入却是七十年后的事，节奏实在无比之慢。

总的说来，人们一开始觉得马铃薯很可怕。一坨丑陋的沾满泥土的东西，不是恶魔的食物是什么？

马铃薯不向严酷的气候条件屈服，无论在多贫瘠的土壤里都能生根，而且产量高、营养价值丰富。然而在歉收和饥荒频繁造访欧洲各地的时候，它都没有被世人接纳。

当时的专制君主认为这种新食物能解决长年让他们头痛的粮食问题，于是大力展开宣传和推广，但都没有奏效，最后只能用暴力胁迫等手段来推广马铃薯。

其中普鲁士的腓特烈·威廉一世和腓特烈大帝都热衷推广马铃薯。一七五六年瑞典与普鲁士开始持续七年的战争，瑞典一方除了把马铃薯带回国以外一无所获，因此这场战争被称作“马铃薯之战”。法国人奥古斯丁·帕门蒂尔在这场战争中当了五次普鲁士的俘虏，尝到了马铃薯的美味，此后一直在路易十六治下的法国热心推广马铃薯。他为此进行的杰出启蒙活动和异想天开的宣传，在《世界食品百科》《辻静雄著作集》《新拉鲁斯料理大百科》及其他书籍中都有记载。

虽然法国人给马铃薯起名为Pomme de terre（地下的苹果），但让大部分人接受马铃薯是与苹果一样可口的食物，还是花了相当长的时间。直到十八世纪末，马铃薯才在法国获得“公民权”。

一六〇一年，马铃薯由荷兰的船只从爪哇港（现在的雅加达）运到日本长崎，竟然比进入俄国的时间更早。

十七世纪末，彼得一世从兄弟们的激烈政治角逐中胜出。夺得帝位后，他曾乔装成工人前往荷兰、英国等欧洲先进国家学习技术，在那里第一次吃到马铃薯，为它的滋味而感动，便带回国内积极推广。他甚至特地从德意志运来大量薯种，分配给俄国境内各个行省，下令栽培和扩大种植面积。可是大家觉得马铃薯很恶心，都不敢吃，更不用说大力种植了。

没办法，只能先在皇家的农庄里种植，但即便有专制君主彼得大帝的命令，农民们还是害怕得不敢下咽。彼得大帝只好采取非常手段，把农民们传唤到宫廷中来，在他们面前摆上几盘堆得像小山那么高的马铃薯。那些马铃薯刚刚煮好，还冒着热气。

“不在朕面前把这些马铃薯吃下去的话，就当场斩首。”

虽然吓得直哆嗦，但农民们还是犹犹豫豫，也许是觉得比起吃下这种恶心的食物，中毒后在痛苦的挣扎中死去，还不如被砍头好。

“都看好了，朕也在吃。这可是天底下最美味最有营养的食物。”

彼得大帝大口大口地吃给农民们看。然而，民间一直有大帝陛下是恶魔之子的流言……农民们始终畏畏缩缩，恼羞成怒的大帝便一把抓住站在最前面的男人的领子，把剑架在他的脖子上。

“快吃！还不吃吗？！”

农民们一齐伸手拿起马铃薯往嘴里塞。咦，这东西不难吃嘛。岂止是不难入口，还十分美味。彼得大帝敏锐地发现了农民脸上变幻不定的表情，满足地摸了摸小胡子。

然而吃了马铃薯，农民们马上开始害怕，担心自己第二天早上就会变成冰冷的尸体。

但是到了第二天，第三天，这些农民还是活蹦乱跳，过了一周，身体也没有出现什么异样。即便如此，马铃薯还是不怎么招人待见。种是种了，但只有皇家农庄的农民在种。经过漫长的岁月，马铃薯的种植才扩散到俄国全境。

R.E.F. 史密斯和 D. 克里斯蒂安认为，马铃薯也有可能是在七年战争结束时，被士兵从普鲁士带回来的（见《面包与盐》），并推测人们难以接受它的原因不是害怕中毒而死，而是害怕死后会堕入地狱。散播这种迷信的人正是最大的抵抗势力——旧教徒们。

> 也有人相信“这是最初的两个人所吃的禁果，因此无论谁吃了它，都是背叛上帝，亵渎圣经，绝对无法进入天国”。在俄罗斯北部大部分地区，芜菁是主要传统作物，整个十八世纪，马铃薯也没能取代它的地位。
>
> ——《面包与盐》

他们声称导致亚当和夏娃被逐出伊甸园的禁果不是苹果，而是《圣经》中没有记载的食物——马铃薯。它并非用种子培育的无性繁殖方式也令人敬而远之。旧教徒散播的谣言中还有十分荒唐无稽的内容。比如马尔梅斯王的女儿被恶魔附体，堕落无度，第一颗马铃薯正是从她的坟墓上长出来的，所以，吃了这个“恶魔之果”的人注定会下地狱。

十八世纪中期，叶卡捷琳娜二世也像开明君主般煞费苦心地推广马铃薯。一七六五年，从德国寄来六十五桶马铃薯，因为医疗参事会进言说，想救助西伯利亚和芬兰那些食不果腹的农民，栽培这种“地下的苹果”是最为省钱有效的办法，“它在英国叫作 Potato，在别的地方被称为地下的梨子，或者是松露、Kartoffel。”叶卡捷琳娜二世向各地分发了薯种和写有栽培方法的说明书，然而也以失败告终。农民们顽固地抗拒这种不熟悉的作物。

据说马铃薯在农民中间难以普及的另一个原因是味道清淡，不加黄油或沙司的话就不好吃，这真是适得其反。因此，马铃薯首先在富裕的贵族中间受到欢迎。

尽管经过多方推广，直到十九世纪初，俄国的厨师依旧对马铃薯十分陌生。连有一定教养的人们也不敢吃。终于，在一八四〇年，俄国全境张贴了布告。

一、在所有的公有地中设置马铃薯专用地，供农民栽培分配到手的薯种。

二、分发关于栽培、储藏、烹饪及食用马铃薯方法的指导书。

三、表彰并奖励成功栽培马铃薯的农户。

然而这些试验也失败了。国家急于求成，使用强制性手段，反而招致了猛烈的反抗。在北部、乌拉尔地区和伏尔加河畔等地，频频发生反对种植马铃薯的农民暴动。历史教科书中称之为“马铃薯起义”。

然而，在偏远的西伯利亚，马铃薯早在十九世纪二十年代就遍布各地。大约二十年前深入西伯利亚腹地旅行的时候，我发现了这一点。导游介绍说：“这一带不管是沙皇时代还是斯大林时代都是流放地，土地贫瘠，自然条件严苛，很多十二月党人也被流放到这里。”

一八二五年十二月，在圣彼得堡发生了俄国最早的武装起义。由于起义发生在十二月，后来就把参加这次起义的人称为十二月党人。他们主要是贵族出身的青年将校，在一八一二年抗击拿破仑的战争中和农奴出身的士兵并肩作战。他们被农民的淳朴感动，又在追击法军的过程中到达欧洲，亲眼目睹了比俄国先进的社会和阶级关系，于是决心废除农奴制和专制制度，试图建立君主立宪制的近代国家。

可是，起义马上便遭到镇压，五名领袖被绞死，一百二十一人被流放到西伯利亚等地。在流放地，他们第一次接触农民的生活。西伯利亚的大地寒冷而贫瘠，谷物收成惨不忍睹，饥荒是家常便饭。倘若马铃薯能在这不毛之地上生长，农民的生活也会变得轻松一点吧。

当然，那时西伯利亚的农民对马铃薯一无所知。

出身高贵的流放者们生来第一次拿起铁锹翻地，托人从遥远的故乡寄来马铃薯，进行栽培。为了推广，他们把附近的农民召集起来，把马铃薯做成菜，在大家面前食用。

可是，这里的农民同样觉得马铃薯十分恶心，不敢往嘴里塞。十二月党人满怀民主主义理想，自然不会像彼得大帝那样用砍头来威胁农民。他们拿出金币，宣称只要谁栽培并食用马铃薯，就把金币给谁。

这一举动带来了极大的效果。后来，马铃薯给农民们带来的利益远远超过一枚金币。马铃薯就这样瞬间推广到了整个西伯利亚。

比起轰轰烈烈的起义，我更喜欢身为理想主义者的贵族青年们在严峻的现实面前毫不畏怯——不，是了解现实之后，反而实现志向的故事。那就像在地下悄悄结果的马铃薯一般，散发着质朴而丰富的味道。

土耳其蜜糖的版图

在凯斯特纳的小说《小不点和安东》里，我第一次看到土耳其蜜糖这种点心。这套书在我上小学的时候非常流行，现在问起同龄的人，大家也纷纷说看过。

可要是问起“里面提到了土耳其蜜糖吧”，每个人都会歪歪头说：“咦，提到过吗？”

因为土耳其蜜糖与故事情节无关，只是轻描淡写地一带而过，所以大多数读者都没有留下印象。

而我光是看到土耳其蜜糖这个词，就心乱如麻了。听起来多么美味可口的名字啊。那是什么味道的点心，是什么颜色什么形状？好想吃一次呀。

也许上天听到了我的祈求，这个机会意外地早早到来了。

小学三年级的秋天，由于父母工作的关系，我们移居到捷克斯洛伐克的布拉格。从学校回家的路上和同学去零食店，买得最多的就是“Turecky med”，直译过来是“土耳其的蜜”，也就是土耳其蜜糖。

这种东西口感类似牛轧糖，里面会多放一些坚果，做得比牛轧糖更松脆一些。一般的糖果和巧克力远远比不上这种滋味。

可是，俄罗斯姑娘伊琳娜却说：“哈尔瓦要比这个好吃一百倍哟。”

“我想尝尝那个叫哈尔瓦的东西。”

“咦，你不知道哈尔瓦吗？下次回莫斯科的时候给你带。”

暑假结束后，九月一日，伊琳娜如约为我带来了哈尔瓦。那是个蓝色容器，形状和大小与装鞋油的罐子差不多，盖子上只写着白色的“XAJIBA”（哈尔瓦）几个字。现在每次看到妮维雅面霜圆圆的蓝罐子上写着“NIVEA”几个白字，我都会想起伊琳娜带来的那个罐子。

打开盖子，里面装满了米色的糊糊。伊琳娜用喝红茶的小勺子舀起一点，送到我们嘴边。

“好不容易才买到的。一个人只能吃一口。”

“怎么样，好吃吗？”

看到我们含在嘴里，她问道。

岂止是好吃，人生中第一次吃到这么美味的糖果。确实比土耳其蜜糖好吃一百倍，但我觉得做法应该是一样的。明明是第一次吃，心里却涌上一种势不可挡的怀念之情。将嘴里的东西嚼碎的那一瞬间，许多种坚果、蜂蜜以及香辛料的滋味奔涌而出，混为一体。这就是美味无国界的写照吧，蓝罐子里的东西瞬间被来自十五个国家的同学一扫而空。

仅仅一口，我便被哈尔瓦迷得神魂颠倒。啊，想吃哈尔瓦，想尽情地吃哈尔瓦，也想让妹妹、母亲和父亲都尝一尝这种滋味。因为不论怎样向他们形容哈尔瓦的美味，他们都难以理解。

不久，父亲要去莫斯科出差。那天，我拿出素描本，画上一直心心念念的那个罐子，然后用水彩颜料把它涂成蓝色。光是看着画，口水就不停地往外流。

“要什么礼物呢？”

出发前，爸爸像往常一样问我们，我把素描本上的这张画递给他。

“这种叫哈尔瓦的糖果，尽量多买一点回来。”

两个星期后父亲回到家，可是旅行包里连一个蓝色罐子都没有。父亲抽空去了百货商店、超市和自由市场，还问了住在莫斯科的日本人，对方却疑惑地反问道：“咦，有这种糖果吗？”

于是父亲和母亲也对哈尔瓦萌生了好奇心，每次去苏联出差都帮我找，但从来都没有如愿以偿。只有一次，父亲在自由市场买到了一块米色东西，形状像供神用的圆形年糕。

“地摊上的婆婆坚持说这是哈尔瓦。”

虽然看起来比伊琳娜给我吃的哈尔瓦白一点、干一点、硬一点，但我还是激动不已，拿布裹住它，用锤子敲成无数碎片，和妹妹、母亲还有父亲一起品尝。

“有点像把牛轧糖浸在麻油里再晾干的味道。”母亲一脸期待落空的表情。

“这样的话，还是土耳其蜜糖更好吃。”妹妹说道。

只有父亲一片接一片地往嘴里塞，看起来心满意足。

“这有点像小时候吃过的炒麦粉。”

“不是这样的！”

我小声叫道，愤怒和悲伤涌上心头。

“如果以为这是哈尔瓦的话，就太对不起哈尔瓦了！”

和苏联同学说了这件事，他们都付之一笑。

“不可能不可能。外国旅行者要是碰到真正好吃的哈尔瓦，那才是奇迹。它很少在店里出售，就算摆出来，也是一瞬间就会卖完。”

“那怎么区分是不是真的哈尔瓦呢？”

我一问，大家都陷入沉思，最后得出一个平凡无奇的答案。

“大概只能吃吃看吧。”

“对对，不吃一下就不知道哈尔瓦的味道。恩格斯也这么说。”

恩格斯当然没有这样说过哈尔瓦。恩格斯解释与不可知论相对的实践论时用的比喻是“布丁”，他们把“布丁”换成了“哈尔瓦”。但我长大后去俄罗斯出差一百多次，也多次证实过这个事实：我一次都没看到过伊琳娜的蓝色罐子。

那时才知道，哈尔瓦与其说是俄罗斯的特产，不如说是生活在苏联的穆斯林做的点心。在中亚的撒马尔罕和希瓦的集市上，见到过几次父亲买到的那种供神的圆年糕般的哈尔瓦。我每次都激动地品尝，却以失望告终。尝来尝去，感觉那东西还是干巴巴的牛轧糖。后来，我在乌兹别克斯坦的首都塔什干吃到了被当地人称作哈尔瓦伊塔尔的甜品，还学会了做法。

准备黄油一百克、坚果一百克、小麦粉一杯、砂糖一杯、水一至三杯（根据喜好进行调整）、四分之一茶匙的香草精。在加热的锅中放入黄油融化，冷却后倒入小麦粉，再次点火，小心搅拌，直到里面的东西变成浅咖啡色。注意千万不能烧焦。然后加入用热水溶解的砂糖继续搅拌，直到锅里的东西变成软软的黏土状。再在关火前加入捣碎的坚果混合物，关火后加入香草精就大功告成了。

这样做好的东西虽然有点像哈尔瓦，但还是不一样。

在摩尔多瓦吃到了人家自制的牛轧糖，因为味道与哈尔瓦伊塔尔相似，所以也记下了它的做法。两种糖果的做法果然有一点相似。

材料是砂糖五百克、细砂糖五十克、蜂蜜一杯、水一杯、去壳的核桃三百克、蛋清十个，再加四分之一株香草或一个柠檬的皮晒干后做成的香料。

将砂糖、蜂蜜和水放入锅中，边煮边搅拌至焦糖状。将蛋清打到起泡后加入细砂糖，倒入刚才的焦糖状东西里，调成小火，用勺子继续搅拌。然后捞起锅里的东西用冷水冲，凝结成球后，加入捣碎的核桃和香草（或干柠檬皮），做成棒状，干燥后切成适当的长度。

这是在布拉格的放学路上吃过的土耳其蜜糖的味道。土耳其蜜糖果真是牛轧糖吗？

牛轧糖，nougat，法国饴糖的一种。将砂糖和糖稀熬干后，加入打好的蛋清和明胶，充分打发，加入坚果等搅拌，凝固而成。由于混有气泡，所以口感柔软。词源由拉丁语 nux（核桃）变化而成。做法是先将砂糖、糖稀和水一起加热至一百二十度熬干，将蛋清充分打至起泡，边加入熬干的蜜糖边用力搅拌。等到砂糖结晶后加入切碎的坚果，平铺在容器上冷却凝固，切成适当的大小。除了杏仁、花生等坚果，也可以加入果酱或蜜饯等。

——《日本大百科全书》

有一回，我在莫斯科机场的进口商店里看到写着大大的“哈尔瓦”几个字的塑料容器，喜出望外地买了不少。在飞机上尝了一下，结果大失所望。不难吃，但与伊琳娜的哈尔瓦相差甚远。把它当作礼物送给茶道老师后，马上出现在了当天的练习中。老师和一起学习的伙伴们评价非常高，都说好吃。

“跟抹茶好配啊。”

“和果子里没有相似的吗？”

“看起来很朴素，却有不可思议的味道，值得回味。”

味道的确不错，但还是不一样。伊琳娜的哈尔瓦不是这样的。我的自信开始慢慢消失。那种小时候仅仅尝过一次、仅仅吃过一口的味道，莫非是被自己美化了，其实跟现在吃的没有差别？难道我像奇尔奇尔和米奇尔一样，没有发现幸福的青鸟就在身边？或者像始终憧憬着初恋的女人一样，重逢后才发现他只是个平凡的男人？

就在我忍不住要这样想的时候，事情出现了转机。

刚从希腊旅行回来的朋友I说：“米原小姐经常说的那个叫

哈尔瓦的点心，我在雅典找到了。”

说着，他递给我一块像巧克力一样的东西。大红的包装上印着金色的“XAJIBA”。没错，以前在教科书里学过，西里尔字母是以希腊字母为基础的。一想起这件事，拆开包装的工夫也让人急不可耐。我和还没尝过味道的I连忙撕下一片塞进嘴中。

“嗯……”

我们默不作声，一片又一片地送入口中，难以停手。

“哎呀，早知如此，就该把那家店里的都买回来。”

I大发感慨的时候，哈尔瓦已经被我们消灭得差不多了。是这个味道，的的确确是伊琳娜给我吃的哈尔瓦的味道。

“极品这个词，就是用来形容这种味道的吧。”I恋恋不舍地说。

从那以后，我心中的哈尔瓦版图就从苏联的伊斯兰地区扩大到了所有伊斯兰地区，也开始关注那些曾属于奥斯曼帝国的东欧国家。在保加利亚的索菲亚和罗马尼亚的布加勒斯特也见过哈尔瓦，但再也没有碰见二十年前I在希腊买的那样好吃的哈尔瓦。

虽然我并没有实地走访过土耳其和别的阿拉伯国家，但意第绪语里的HALVA'、土耳其语里的HELVA'和阿拉伯语里的

HALWA 指的似乎是同一种点心。

一定是德国人和捷克人把模仿哈尔瓦制成的点心叫作土耳其蜜糖的。手头的法语辞典《petit ROBERT》里，有 halva 的词条，写着“土耳其的糖果点心，在麻油里混入小麦粉、蜂蜜、杏仁（或者花生、开心果）制成”。

而兰登书屋的英语辞典里没有 halva 的词条，却有 halvah，是“主要由研碎的芝麻和蜂蜜制成的糖果，起源于土耳其”；也没有 Turkish honey（土耳其蜜糖）的词条，但英文菜谱里记载了 Turkish honey almond cake（土耳其蜜糖杏仁蛋糕）的制作方法。

材料：

黑砂糖一杯、白砂糖三茶匙、蛋清二十一克、喜欢的蜂蜜二百五十毫克、速溶咖啡一茶匙、桂皮粉一茶匙、肉豆蔻二分之一茶匙、丁香粉二分之一茶匙、小麦粉两杯、发酵粉三茶匙、杏仁粉或杏仁薄片一百克、杏子果酱两茶匙。

做法：

一、将烤箱预热至一百八十度。

二、将黑砂糖、白砂糖和蛋清打成松软的浅褐色，然后加入蜂蜜和咖啡，慢慢搅拌均匀。

三、将小麦粉和发酵粉均匀混合，与香料一起倒进上面的混合物，加入一半分量的杏仁粉或杏仁薄片，搅拌均匀。

四、在蛋糕模具里涂上黄油，倒入模具，用剩下的杏仁装饰。

五、放到一百七十度的烤箱里烤四十五分钟。

六、烤至松软后从烤箱取出，连同模具冷却十分钟，取出蛋糕。

七、加热杏子果酱，涂在蛋糕上。

这比较像是普通蛋糕的制作方法，感觉和土耳其蜜糖差远了。

在兰登书屋的辞典里也发现了 Turkish delight（土耳其软糖）的词条，它的说明是“土耳其点心，一种牛皮糖，像撒满细砂糖的果冻”。

与日本的求肥相似，将和好的糯米粉蒸熟后，加入砂糖或糖稀，点火熬煮凝固而成的点心，柔软有弹性。也称求肥饴、求肥糖。（原来也写作“牛皮”。）

——《大辞林》第二版

莫非……我大叫起来。吃哈尔瓦时涌出的那种怀念大概就来自这里。可是，在英国吃过土耳其软糖的日本人却一致表示厌恶："那种东西绝不想再吃第二次！"本书的编辑F也是其中一位。

"好像连英国人都觉得那种糖难吃。"

F曾经读过一本推理小说（书名和作者都不记得了），里面的犯人把毒药下在土耳其软糖里（而且是薄荷味的），但因为黏糊糊又甜得发腻，除了被害人以外，周围没有一个人碰。

研究东正教美术与历史的早川美晶也是罗马尼亚文化方面的专家。她说这种土耳其软糖应该是Loukoum rahat。她在给我的一封信中说道：

"我觉得Turkish delight指的应该是土耳其语里称作Lokum的点心。Lokum在罗马尼亚语中被称为Rahat，两种东西的口感都是比日本的牛皮糖稍硬一点，像焦糖一样切成四四方方的，撒满细砂糖。现在在日本留学的罗马尼亚朋友描述这种点心时说'像羊羹一样'，但我形容给别人听时都会说成'像QQ糖、羽二重饼或者厚厚的生八桥和果子一样的东西'。有水果味和薄荷味的，但以我浅拙的经验，还没见过里面加坚果的。"

没有谁比真正吃过的人更有发言权。而且，在网上的英英辞典中查 Lokum 或 Rahat，出现的同义词都是 Turkish delight，所以她这种说法应该没错。

> Loukoum：即 Loukoum rahat，一种东亚地区的饴糖点心，表面涂满砂糖或撒满细砂糖的有香味的法式馅饼（面团似是用小麦粉制成）。
>
> ——《petit ROBERT》

> Рахат-лукум：Rahat loukoum（由砂糖、淀粉、核桃等制成的东方点心）。
>
> ——《岩波俄语辞典》

不久后，人称“假消息之王”的西班牙语翻译横田佐知子请我吃“西班牙人引以为傲的特色点心 Polvoron”。一口咬下去，我不禁大喊起来：“啊，这是印糕和哈尔瓦的混血儿。”

“和在西西里吃的一模一样！”

喜欢讲情色小故事的意大利语翻译田丸公美子也大喊起来。没错没错，西班牙和西西里中世纪都被伊斯兰政权统治过。正这样想着，英语翻译田中祥子小声自言自语：“这东西和在印度吃过的 Halua 很像。因为太好吃了，我好像还记下制作方法了呢。”

第二天，田中就把制作方法传真给我。

准备碾碎的小麦一百克、黄油一百二十五克、绵白糖五十克、葡萄干二十六克、核桃五十九克（花生、杏仁或其他坚果也可以）、香草精零点零零一克。在锅里融化黄油，慢慢加入小麦，搅拌至金黄色。葡萄干洗净后在水中泡三十到四十分钟。然后将葡萄干和核桃切碎，与香草精一起放入锅中，小火煮三十分钟，边煮边不断搅拌，冷却后便成了一道甜品。

这东西虽然好吃，但依然和哈尔瓦有巨大的差距。

又过了不久，我找到了传说中身兼历史学者、语言学者、外交史研究家、美食家数职的V.V. 波赫列布金的遗作《料理艺术大辞典（附菜谱）》。哈尔瓦在各种词典和百科全书中都没有记载，最多只有一两行说明，在这本书中竟然用了整整一页来描述。

> 这是一种中亚、近东及巴尔干半岛地区的甜食，据推测发源地是伊朗，距今很多年前（公元前五世纪，希波战争时代）便存在了。制作哈尔瓦需要经过专门的学习。制作哈尔瓦的手艺人在伊朗被称为康达拉奇，至今仍是与其他厨师有别的专业厨师。哈尔瓦拥有上百个种类，考虑到

康达拉奇与大多数平民一样不识字，很长一段时间，哈尔瓦的制作方法都不依赖文字，是由一代代人口传面授而来的。从事这一行的手艺人需要有很强的记忆力。现在还保留着手工制作哈尔瓦技艺的，只有伊朗、阿富汗和土耳其，在这些地区才能吃到最好的哈尔瓦。工业生产的哈尔瓦与手工制作的相比，质量极差，易变干，容易起疙瘩，会马上沁出油，有苦味。（中略）

哈尔瓦的材料非常简单。砂糖、蜂蜜、肥皂草的根茎、有油分且味道浓郁的食材（杏仁等坚果或葵花籽、芝麻），加上有增稠效果的谷物粉和多种香料。想让这些平凡至极的材料改头换面成为哈尔瓦，需要将包括砂糖、坚果和各种粉在内的材料都打成泡沫状。这要用到各种各样的技巧，大多数技巧至今仍是每位康达拉奇的秘密。这是近代工业制法无论如何都模仿不了的。砂糖和坚果这些不同种类的食材泡沫在肥皂草根茎的作用下融为一体。如何完美地融合，要加哪几种香料，以及加热时搅拌混合的时机，都是康达拉奇们的不传之秘。（中略）

若是康达拉奇精心制作的哈尔瓦，冷却后会成为如空气般轻盈、入口即化的极品。细碎的砂糖结晶混合在松软的坚果舒芙蕾中，在刚入口发出松脆声音的那一瞬间就融化了。而工厂生产的哈尔瓦由于草率处理打泡步骤，砂糖变成糖球附在坚果上，所以容易烤糊。烤糊也证明其中的砂糖比例超过了坚果的比例，真正的哈尔瓦成分必须正好相反才行。

北高加索和北非这些靠近伊斯兰地区的地方，时常把类似牛轧糖的食物称为哈尔瓦。这种食物是在砂糖和融化的黄油中加入坚果和小麦粉，烤糊后混合而成，虽然材料相同，却似是而非。所谓哈尔瓦，一是要将材料打发到一定的密度、黏度和温度，二是要将几种泡沫混合，边打泡边冷却。点心的品质、味道和黏度不是取决于材料，而是由制作技术决定，哈尔瓦正是证明这一点的好例子。

我的视线追随着波赫列布金热情洋溢地描述哈尔瓦的文字，明白了这个世界上有比我心目中那种还要美味的哈尔瓦，也印证了牛轧糖、土耳其蜜糖、哈尔瓦、求肥、印糕和Polvoron之间有血缘关系。想到这些，我眼前浮现从远古时代到中世纪，欧亚大陆上的游牧民族和商人们紧紧联系在一起的情景。布拉格的学校里，各个民族的同学们对着哈尔瓦流口水的光景，大概就是这种民族融合延续至今的结果。

晚餐给敌人吃！

一九五九年十一月，我们一家移居到布拉格，当时已经连续多日气温低于零下十度了。我们住在六层公寓的四层一套带家具的房子里。与其他建筑一样，这里的窗户也都是两层，外侧和内侧的窗户之间有二十到三十厘米宽的空隙，与墙壁的厚度差不多。这成了有季节周期的冷藏库。透过玻璃，可以一目了然地看到有什么东西，所以不必担心放坏。母亲把肉、蔬菜和剩菜统统都放在这个被叫作“家中之窗”的窗户里。至于窗外，就变成了室外冷库。做好许多饺子装进塑料袋吊在外面，有风的日子里，冻饺子会发出充满朝气的当当声。我们还做了很多从住在附近的朝鲜人金夫人那儿学来的辣白菜，放到阳台上可以保存到早春。

当然，到了夏天，这个“冷藏库”就派不上用场了。但也没觉得有什么不便。阳台上有个两叠大的储藏室，那里没有暖气管，正对着从公寓地下通到顶楼的小通风道。因为一直有冰冷的空气从下面吹来，不管盛夏多么炎热的日子里，储藏室里都是冷飕飕的。把食物放在这里，虽然不及冰箱，也可以保存得久一点。

进入十二月，布拉格的街上到处都是露天小摊，小摊的台子上堆满圣诞树和装饰玄关的花环。露台旁边摆着一个装满水的大木桶，有客人购买，店员就从木桶里捞出黑色的鱼，任凭它在手里飞沫四溅地挣扎，然后放到板上用巨大的锤子敲它的头。摊上出售的都是鲤鱼。捷克是个不靠海的国家，这里的人们在平安夜吃鲤鱼。油炸之后，鱼的土腥味还是非常重。尽管如此，每个平安夜，捷克的人们还是愁眉苦脸地吃着炸鲤鱼，因为平安夜不能吃肉。

想吃海鱼的时候，人们就去布拉格的“银座”——瓦茨拉夫广场上唯一的海产店OKEAH（海洋）。运气好的话，能买到算不上新鲜的生牡蛎和金枪鱼。如果不喜欢，那就只能吃瓶装或罐装的鱼了。

除了吃不到鱼的痛苦，冬天新鲜蔬菜水果的种类也极为稀少，这也让日本人难以忍受。蔬果店里永远摆着马铃薯、胡萝卜、洋葱和卷心菜，想买水果的话，只有苹果。然而，瓶装的醋腌或盐腌的蔬菜种类却非常丰富，连西红柿和青椒都能用醋腌制后出售。当店里来了进口的橙子时，就会排起长龙。因为每人只能购买一两公斤，所以往往全家出动去排队。

而早春到初秋，时令蔬菜和水果就会陆续登场，满足我们的眼睛和胃。这里蔬菜和水果的味道都要比日本的浓郁一些。

以前不像现在这样有日本食品店，偶尔从日本运来的食品显得非常珍贵，但也不过是些味噌、酱油、海苔、梅干、香菇干之类的东西。想做日本料理，就只能想办法利用当地的食材。一听到朝鲜大米到货的消息，家里人就排队去买。虽然随时都能买到细长的“外国大米”，但朝鲜大米最接近日本米，有黏性，很合口味。不过它常常混有小石子和鼠粪之类的东西，必须先倒在白纸上挑拣干净。嗯，花这点工夫还是很值得的。

在波兰生活过七年的工藤久代在著作《华沙贫穷物语》里提到，她曾在鱼贝博览会上与主办方交涉，拜托他们展览结束后把展出的鳗鱼和墨鱼卖给她，然后自己做成烤鱼和天妇罗；去郊外远足时看到农户的院子里开着梅花，就立即和主人商量，请他在果实成熟时分给自己一点，然后做成梅干。看到她的执着和创意，我感到自己家真是望尘莫及。即便如此，我们也付出了许多令人感动的努力，例如将面包粉和啤酒混合发酵后做成米糠，腌制黄瓜、卷心菜、胡萝卜，还做过把细细的意大利面煮熟后蘸酱油汤汁吃的“意式荞麦面”。又因为非常想吃纳豆，听说研究微生物学的叔叔要来布拉格参加学术会议，就请他把纳豆菌放入烧杯中带过来，然后买来大豆反复试验，但最终也没有做成。

捷克的饮食习惯与奥地利相近，经常食用猪肉、猪肉制品（火腿、香肠）和鸡肉。冷盘尤其是吐司的种类丰富到令人惊叹，其中极具特色的是一种叫克奈德利克的蒸面包。克奈德利克不仅可以搭配肉类，还可以裹上用杏子或李子煮成的馅，蒸好后涂上农家干酪和砂糖吃，滋味醇美。

我很喜欢 španělský ptáček（西班牙小鸟），现在偶尔也会做。明明只是牛肉做成的，没有任何西班牙风味，却起了这么一个名字，问了许多人都没有得到满意的答案。轻轻将牛里脊拍松，涂上芥末，铺满去骨熏火腿或培根，然后放上四分之一个煮鸡蛋、盐渍黄瓜、四分之一个稍微加热过的洋葱，用肉和培根裹住，以牙签固定，然后与肥猪肉一起放入锅中煎成微焦。加入清汤，盖上锅盖煮熟后，盛出“小鸟”。再将小麦粉用黄油炒过，加入含有肉汁的汤里，做成酱汁。“小鸟”配上克奈德利克，再浇上酱汁就大功告成了。不久前，我搭乘伊比利亚航空公司的飞机时吃到了一模一样的菜，急忙翻开菜单反复查看，菜单上却只写着“煮牛肉卷”。空姐告诉我这是西班牙的家常菜肴。小时候的谜终于解开了，真开心啊。

捷克人通常一日三餐，小孩的话加上一顿零食是四餐。然而，我和妹妹上的苏联学校里，俄罗斯人一天却要吃六餐。

早上在家里吃完早餐后去学校。上午八点开始第一节课，第二节课和第三节课之间有一段较长（半小时）的休息时间，学生和老师一起在简易食堂吃些简单食物，例如单片三明治加水果汤，汉堡加蔷薇果红茶，香肠加黑面包和可可之类。这是第二顿早餐。

第二顿早餐十点左右吃，所以午餐要到两点左右才吃。大部分学生回家吃，但宿舍的食堂也给那些希望在学校吃的学生提供午餐。前菜、汤、主菜和甜点一应俱全，无限量供应。前菜多是鱼类和蔬菜的混合冷盘，像油浸沙丁鱼拌泡菜，或醋腌鲱鱼和洋葱片之类。汤既有食材丰富的罗宋汤、意式菜丝汤，也有比较简单的奶油汤、清汤等，种类很多。主菜是肉类搭配碳水化合物，如牛排与炸薯片、烤鸡肉与黄油饭、酱汁拌蒸猪肉与通心粉等。甜点大多是加了水果的点心，例如樱桃果冻之类，简直太棒了。据说那些同学回家后还要吃零食、晚餐和夜宵。

有一年暑假，我参加了学校的林间夏令营，在从六月一日到八月三十一日整整三个月的时间里，亲身体验了一日六餐的盛况。

早上七点起床，做完早操结束早会后，八点左右吃第一顿早餐。量非常大，有酸奶和酸奶油，煮鸡蛋、煎蛋卷、炒鸡蛋，还有火腿和香肠。黑面包和白面包无限量供应。再加上用米或碾碎的小麦做成的粥，粥里加了砂糖，淋上融化的黄油。饮料有红茶、咖啡和可可。

那时没有作业，所以吃饭以外的时间都由孩子自己做主。野营就是为了玩得更开心，抵达野营地的当天，孩子们就开始叽叽喳喳地讨论每天要怎么玩，比如在河里进行划船比赛、玩一整天捉迷藏、一整天打仗，或者去附近的农场帮忙摘樱桃、尽情吃樱桃之类。

玩上一阵子，上午十点到十一点吃第二顿早餐。这一顿比较简单，分量和吃的东西基本上与学校里一样。去远足的话就做成便当带在身边。

下午一点左右吃分量和花样都最丰盛的午餐。食物种类和搭配与学校的午餐基本相同，但也有与学校大不相同的地方。有一天，我们发现夏令营里饲养的小鸡和鸭子突然不见了，最后竟然出现在餐桌上。

午餐后必须午睡两小时。有首“根据阿基米德原理，吃完午餐后一定要熟睡”的数数歌。

午睡醒来，下午四点左右吃零食。零食是用小麦粉做的点心加上咖啡或红茶。

结束下午的活动，晚上七点左右吃晚餐。晚餐没有汤，只有前菜、主菜和甜点。

晚餐后听听音乐或跳跳舞，老师每周两次在食堂搭起银幕，用放映机播放从电影院借来的电影给我们看。

电影结束之后，就寝前十点左右吃夜宵。夜宵是一种很酸的乳制品，像是把酸奶油和酸奶混合到一起再除以二，叫prostokvasha，大概是为了促进消化。

一日六餐当然是正在长身体的孩子的标准，俄罗斯的成年人是一日四餐，早中晚餐加下午茶。

不过翻阅与俄国饮食和食材的历史相关的书，原来直到近些年，即二十世纪初为止，俄国的农村依然是一日五餐。比起江户时代日本百姓一天只有两顿饭，我曾经觉得他们过得十分奢侈。不过G.卡达耶夫有一份一八九三年对塞米巴拉金斯克的额尔齐斯河畔农民生活的调查记录，看过记录后，我就不这么想了。

斋戒期　不能吃肉、蛋、乳制品，可以吃鱼

早上五点　红茶和白面包

上午九点　同上

正午　樱桃萝卜和格瓦斯（用麦芽发酵而成的酸味饮料）、鱼、黑面包

下午五点　红茶和黑面包

晚上九点　正午吃剩的东西

非斋戒期

早上五点　红茶、牛奶和干面包

上午九点　同上

正午　　　卷心菜肉汤、牛奶、格瓦斯、黑面包

下午五点　红茶、牛奶和干面包

晚上九点　正午吃剩的东西

一年中有两百天是斋戒日，斋戒期间禁止食用包括蛋和乳制品在内的动物性食材。如果农民都严格地遵守这个规定，那真是相当俭朴单调的饮食生活。夏令营的一日五餐加夜宵（促进消化的乳制品），无疑是继承了这种一日五餐的传统。

我做了二十多年的俄语翻译，来往于苏联的次数大概有两百次以上，只要一说“早餐是为了自己，午餐与朋友分享，晚餐给敌人吃”，就会引起不少人的共鸣。

“嘿，俄罗斯人也能一语中的。”

也许是因为大多数人都想这样做，却怎么也做不到。医生确实也这么说。早上身体容易吸收，所以要摄取足够的营养，

多花一点时间享受午餐，就寝前四个小时最好别吃东西。我们凭自身经验也知道，身体状况好的时候会觉得早餐很美味，睡觉前吃太多的话，第二天早上起来会胃部不适、身体发倦。吃得太晚的丰盛晚餐是肥胖和亚健康的源头。

虽然如此，生活在现代社会，人们往往不吃早餐或匆匆忙忙吃完，午餐也尽量少花时间匆匆了事，所以无论从时间上还是分量上，只有晚餐能稍微奢侈一些。全世界的人或多或少都是这样。十九世纪，法国作家福楼拜曾在《庸见词典》中写道："晚餐（dinner）曾经是在正午享用（以前的意思是'午餐'），但现在是在'难以想象的晚'的时间（十九世纪上半叶开始衍变成'晚餐'之意）享用的。"

但不管是从前还是现在，俄罗斯人的晚餐时间都是九点左右，搞不好还会吃到十一点。我担心地把那条训诫告诉交情不错的俄罗斯人。

"不愧是日本人啊，果然英明。"她一脸钦佩的神色，然后补充道，"但那条训诫不适用于俄罗斯人。要是不小心吃了应该给敌人吃的晚餐，睡觉前喝一点 prostokvasha，到了早上就能消化完啦。"

中场休息

Intermission

彼什克："巴黎怎么样？那边吃田鸡吗？"

拉涅夫斯卡娅："我吃过鳄鱼。"

A.P. 契诃夫《樱桃园》

三个教训和一个预想

大学时的学弟S君正驻扎在莫斯科。当记者的时候，他言语咄咄逼人，写的文章也像剃刀般尖锐，但平日里，他是位亲切温柔的好青年。有一天，这位S君打来电话。一拿起话筒，我就觉得有点不对劲，还以为是别人打来的。

“我有点苦恼。不对，是非常苦恼！”

他的声音听来高亢而刺耳。我下意识地想，他难道是在跟我开玩笑吗？

“怎、怎么了？”

我慌了神，拼命回想一个月前去莫斯科时，是不是稀里糊涂地做了什么招人怨恨的事。把他喜欢的金锷饼和干豆腐渣带给他时，他分明非常开心，现在是怎么了？

“米原小姐，你是不是对我们有什么怨气？”

话筒另一端传来S君的恋人M子的声音。性格温和的M

子大概是第一次这样说话。

“没没没没没没没有的事儿。”我慌忙否认。

“行，行。我不知道米原小姐原来这么不体贴别人，我记在心里了。”

啊，莫非我无意中说了什么不得了的话，伤害了他们？我有个“毒舌美人”的外号，所以有些心虚。我咎由自取犯下的过错简直不胜枚举。

啊，可是这样的话，以后去莫斯科就吃不到M子做的香喷喷的饭菜了。不行，无论如何都不能让这样的事发生。我正不知道如何应对，又传来S君恶狠狠的声音。

“哎，这还不仅仅是不体贴人吧？”

“对，那么说实在太客气了！”

“对。明显是带有恶意呀。真是虐待狂！太残忍了！”

“对啊对啊。从那以后，你知道我们有多痛苦吗！”

他们两个自顾自地说着批判我的对口相声。我真是丈二和尚摸不着头脑，越听越着急。

“喂，等一下！发生了什么事？根本不知道你们在说什么！”

“前辈你又来了，别假装一无所知，太讨厌了。”

“所以说，到底是什么事？”

“啊，你真的不知道吗？”

“别废话，快说！”

“就是因为那本书。”

“哪本书？”

我经常把旅途中读完的书送给长期逗留在外国的日本人（他们无一例外都渴望着日语读物，所以很感谢我这种做法。而且这些书会在当地的日本人间传来传去，引起热议，总之让书充分享受到身为一本书的幸福，推荐大家也这么做），这类似一种资源重复利用和慈善事业。此时，我努力回想究竟给S君送过什么书。

“还不明白吗？前辈真是老了，脑袋越来越迟钝。”

为什么我送别人书，还要遭受如此的挖苦！我一边忍受着这种蛮不讲理的态度，一边搜肠刮肚，可还是想不起来。

“真是佩服你，是那个泽庵腌萝卜呀。把那种书留给我们的时候，起码也要给我们一点泽庵腌萝卜和炸胡萝卜鱼肉饼吧，不然让人很苦恼。”

我终于明白是怎么回事了，那是东海林祯雄写的《一口咬下整个泽庵腌萝卜》。不应该把那本书留给他们的，真的很抱歉，我打心底开始反省，但他们还在喋喋不休地抱怨。

“就算、就算你给了泽庵腌萝卜和炸胡萝卜鱼肉饼，让人在莫斯科读那些美味的鳗鱼饭、理想的拉面店之类的故事，也太残忍了！”

“不读不就好了嘛……”我不小心说了一句。

“前辈你说什么呢！不读能解决问题的话，就不会这么痛苦了！”

所以，我得到了一个教训：绝不能把“一口咬下整个××”系列的书送给长期在外国的日本人。这个想法可能有点绝对，但反过来想想，如果想欺负或报复长期在外的人，这个办法倒是很有效。

这里提到的《一口咬下整个泽庵腌萝卜》，我是在飞往莫斯科的飞机上读的，笑得在座位上直打滚。隔壁的俄罗斯大叔好奇心大起，一点一点把身子凑过来，最后忍不住问道：

“怎么了怎么了，上面写了什么？”

在“草根文化交流”这种崇高使命的驱使下，我使出浑身解数发挥俄语能力，想尽办法给他解释笑点。更重要的是，我想快点从那至少两倍于我的身板的压迫下脱身。可说实话，这比在放射医学和遗传因子工程学的会议上做口译还辛苦。

总之，我在酱菜、泽庵腌萝卜、炸胡萝卜鱼肉饼和鳗鱼饭这些普普通通的单词上绕来绕去，浪费无数口舌和时间，对方却依然没明白，徒留一身疲惫和空虚。文化的隔阂远比语言的壁垒更厚更高，我只能望而兴叹。

我得到的第二个教训是，不能抱有把“一口咬下整个 ××”系列翻译成外语的狂妄野心。

换句话说，要想体味这套书的妙处，必须具备非常高的资质或者说素质。首先要懂日语，其次要体验过日本现代的日常饮食。单单是一个“日常”，对外国人来说就很困难。

不过反过来想，能体味这套书之妙的人无论出身何处，都是了不起的日本人。外国人读完之后，如果像被唤起思乡之情的日本人一样想立刻飞往那里，那么他对日本的热情（或者说爱）便无与伦比了。

彼得·维尔与亚历山大·格尼斯在《亡命俄国料理》一书中，贴切地举出了人们被故乡吸引的原因，以及即使背井离乡也仍然被故乡牵系的理由。

“将人们与故乡牵系在一起的线有很多，比如灿烂的文化、伟大的人民、光辉的历史。然而，最结实的那一根线牵系的是灵魂。不，其实说到底是胃。这已经不是线了，而是一根绳子，一根坚固的绳缆。”

文章传递出两个亡命美利坚之人深切的思乡之情。

所以，我得到了第三个教训：我敢打包票，像 S 君和 M 子那样既能理解和体味“一口咬下整个 ××”系列之妙，又对里面描写的食物垂涎到坐立不安的人，一定是了不起的爱国者。就算没有在祭日悬挂太阳旗，不知道《君之代》的歌词，也是不折不扣、地地道道的日本人或日本通。

如果日本民众对自己的爱国之心没有自信，那就实践一下第三个教训，去读读这套书吧。比如，读了其中收录的《回转火锅亮相》后，如果一定要去那家店吃吃看，不就充分说明自己的爱国心跟众多的日本人一样吗。

话说回来，这套文库本已经出了十三本（二〇〇四年八月出了第十八本），在《朝日周刊》的连载也越来越受欢迎。除了我刚才提到的地方，能坚持出版这么久，也为这套书增添了新的意义。不知作者和编辑是否意识到了它作为历史资料的价值。

这套书记录了从二十世纪下半叶到二十一世纪上半叶，生活在日本列岛的人们的日常食材、烹饪方法、食用方法以及其他相关事宜，记载详细到令人震惊的地步。

真希望东海林先生能在有生之年将这个系列继续写下去。不知道一两百年以后，人们（不说日本人，是因为不知道在温室效应的影响下，日本列岛沉入海底后，日本人的子孙还能留下多少，以及随着便利店饮食的普及，现在的饮食生活还有多少能延续下去）将会如何解读这个系列呢？

第二乐章

Andante Mangiabile

吃着吃着，食欲就来了。

弗朗索瓦·拉伯雷《巨人传》

德古拉的嗜好

德古拉袭击处女、生吸人血的故事，在日本不过是个虚构的恐怖传说。在九岁到十四岁期间，我因为父母的工作调动，随他们到捷克斯洛伐克的布拉格生活，那时候，这个恐怖传说渐渐染上了真实的色彩。

有一天，母亲吩咐我去附近的肉店买萨拉米香肠。在肉店前面，我看到一幕令人很不舒服的景象，一时迈不开步子。肉店那一米宽的门大大地敞开，一头巨大的鹿横躺在门槛上，堵住了入口。那头鹿的身子还是微热的，在十二月中旬的寒气中冒着白色蒸汽，明显和呼出的白气不一样。它湿润的黑眼睛还大大地睁着，血从头上滴落下来。

人们来来往往，跨过这具尸体进出肉店。门口排起了一条长龙，排队的人们双手拎着篮子，脸上带着异样的兴奋。偶然经过店门前的人看到这条长队，纷纷发出“咦？呀！哇——”

的怪叫，然后急忙快步跑回家拿来篮子，排在队尾。陆续从店里走出来的人们都提着沉甸甸的篮子，特别小心翼翼，生怕篮子里的东西晃出来。出来一个人，排队的人们就一齐盯着篮子里的东西看，有人甚至在咽口水。篮子同样冒着与呼出的白气迥异的白色蒸汽。我偷偷看了一眼，里面盛着鲜艳而浓郁的红色液体。

在明白红色液体是血的一瞬间，我的身子开始抑制不住地发抖。好可怕，必须快点逃离这里，可是脚软绵绵的不听使唤……好不容易回到家，我向母亲汇报了刚才亲眼看到的一切，哀嚎以后绝不再吃肉。母亲却说："就在不久前，欧洲人还追着山里的野兽过日子呢。听说他们一看到野兽，狩猎者的记忆就会在脑海中苏醒，分外想吃生肉，想得口水直流，所以肉店才在门口放刚杀好的野兽招揽生意。"

这些话当然缓解不了我的震惊。母亲接着说道：

"每个月有两三次，把家畜的鲜血从养殖场运到店里，很多人都盼着这个呢。稍微煮一下，血就会凝固成果冻状，然后用勺子舀着吃。"

不过话说回来，德古拉是真实存在的人物，他曾经是特兰西瓦尼亚地区（现罗马尼亚及匈牙利）的伯爵，在其他贵族纷纷向奥斯曼帝国投降时，他却英勇抵抗，直到最后也没有屈服。

敌人截断了城中运输粮食的通道，他为了活下去，不得已只能吃死人的肉、喝死人的血。吸血鬼的传说似乎就由此而来。

一九七二年，一架迫降在南美安第斯山的飞机上，发生了死亡乘客的遗体被其他乘客分食的事件。在弹尽粮绝的时候，且不说人肉，能不能把从来没碰过的动物吃进嘴里，其实和个人素养没多大关系，更多的是伴随一个人出生成长的文化在起作用。倘若是植物，即便是没吃过的台湾黄麻或菊苣，一般人也可以毫不犹豫地吃下去。但如果是动物的话，就需要足够的觉悟和勇气了。

我也不能免俗，平生第一次在餐桌上看到青蛙、蛇、熊的左掌和麋鹿的鼻子时，把力气都用在克服成见上了，连是什么味道都没记住。

那时候我想到，正因为平时的饮食中有喝兽血的习惯，才会突变为喝人血。不知为何，我突然想起战后盟军占领时期的国铁总裁离奇死亡案件，据说尸体被发现时，全身的血液都被抽干了。

“不，不，我不要和这种人一起生活。”我绝望地呻吟。

母亲嘟囔道：“哎呀，你最喜欢的萨拉米香肠里不也全是血块吗？”

大概就是那个时候，我生来第一次体会到“无知是福”的人生真谛。

从那天开始，我就不吃萨拉米香肠了吗？根本没有这回事，萨拉米香肠仍然是我最爱的食物之一。我肯定有成为德古拉的潜质。

海蒂爱喝的山羊奶

对日本青少年来说，《阿尔卑斯山的少女海蒂》堪称儿童文学中的圣经。我们这一代人通过书本，更年轻一代的人们通过动漫，被生活在阿尔卑斯山的孤儿海蒂的故事深深打动。

现在，这个故事仍然经常出现在日本出版社发行的世界儿童文学名著系列或全集里。但是，全世界的孩子都把它奉作经典、十分喜爱吗？情况好像并不是这样。从九岁到十四岁，我在布拉格的学校读书，那里有来自五大洲的五十多个国家的孩子，但没有人听说过《阿尔卑斯山的少女海蒂》。且不说苏联人和捷克人，甚至连法国人和意大利人都没听说过。至于瑞士人，因为那儿没有来自瑞士的学生，所以无法验证。我以为是翻译时改了名字，便把故事讲给他们听。大家觉得故事很有意思，但都说是第一次听到。

先不管这个，据说这个充满魅力的故事和主人公的影响非常深远。现在许多日本观光客来到瑞士，都是出于少年时代对海蒂的记忆，被海蒂成长的阿尔卑斯山壮美的自然风光吸引。甚至有旅行社组织了体验海蒂生活的旅行团，似乎还大受好评。他们在那儿挤山羊奶，然后亲自动手做芝士。

没错。海蒂的故事里经常出现山羊奶。

海蒂第一次被送到山上小屋那天，爷爷用火筷子叉起亲手做的芝士，烤得恰到好处后给海蒂吃，然后给她喝刚挤的温热的山羊奶。海蒂走了一整天的路，口干舌燥，一口喝完后惊呼道："我从来没喝过这么好喝的奶！"

第二天，海蒂和牧童贝塔爬山的时候，中午吃的是圆面包加芝士，喝的则是从放牧的山羊身上挤出的奶。

海蒂后来被送到城里的有钱人家，但由于无法适应，又再次回到爷爷的山上小屋。她喝着满满一碗山羊奶，细细品味回家的喜悦："世界上任何地方的东西，都没有我们家的奶这般美味啊。"

城里的千金小姐克拉拉因为思念海蒂来到山上的小屋，爷爷同样拿出山羊奶招待她，说"对身体特别好"。克拉拉从来没喝过山羊奶，有点犹豫，但看到海蒂喝得津津有味的样子，也一口气喝了下去。她觉得山羊奶的味道像砂糖和肉桂混合在一起，非常好喝。

读了这个故事的我——不，不止是我，大多数少男少女肯定都想尝尝山羊奶的味道，哪怕喝一次也好。但无论在小学三年级以前生活的日本，还是后来居住的布拉格，我都没有遇到这样的机会。

十四岁的夏天，我跟随父母在阿尔巴尼亚海岸待了一个月。在旅馆吃第一顿早餐时，喝了口奶，一股类似狐臭的浓烈味道扑鼻而来，我不禁大叫："这是什么?！"

"据说是山羊奶。"

母亲这么一说，我立即想起了海蒂的故事。"一定很好喝，应该很好喝才对。"我拼命给自己灌输这个想法，但嗅觉和味觉却坚决表示排斥，只能捏住鼻子把剩下的奶喝完。

我试图说服自己，既然海蒂、克拉拉和贝塔都觉得山羊奶那么好喝，我觉得不好喝一定是习惯问题，习惯后就好了。总之在阿尔巴尼亚，无论哪家旅馆的奶、芝士或酸奶，所有乳制品都散发着狐臭味。有一次，甜点里有用了很多鲜奶油的裱花蛋糕，我兴奋地咬了一大口，结果实在太臭，只好吐了出来。

最终我也没体会到山羊奶的美味。现在重读《阿尔卑斯山的少女海蒂》，每每读到喝山羊奶的段落，我就不由得皱起眉头。

在不知道山羊奶味道的时候读到这个故事，可真幸运。

葡萄酒是耶稣基督的血

U 子阿姨是母亲上女校时的好朋友，她的儿子与我年纪相仿，自然关系也很好。她儿子非常淘气，经常弄得浑身是伤，但对小伤总是一笑了之，我暗暗佩服他是个了不起的人物。然而有一次，他试图从屋顶跳到橡树上时摔了下来，伤得很重。平日里的坚强仿佛都是装出来的一样，他号啕大哭，连连喊疼，后来查出是手脚骨折了。

可是 U 子阿姨并没有安慰儿子，反而说出了令人难以置信的话。

“想象一下在十字架上被活活钉死的耶稣。和耶稣相比，你的痛苦根本不算什么！”

然而，更令人难以置信的是，号啕大哭的儿子居然真的不哭了。U 子阿姨一家人都是如此虔诚的基督教徒。

小时候去 U 子阿姨家玩是非常开心的事，因为她家有许多面向儿童的圣经故事和讲述耶稣生平的绘本，在别人家根本看不到这样稀奇的书。

那些书里的插画，哪怕是以孩子的眼光来看，都说不上画得有多好。直到很久以后，我翻阅“耶和华见证会”来传教时留下的宣传册，才发现里面的插画和小时候看的基督教普及书里的一模一样。这些插画中的故事历经漫长的岁月，却没有烟消云散，一直流传到现在，其中一定有什么不断吸引着人们。我在不知不觉中几乎读完了她家的儿童读物。

那么，年幼的我有没有从此笃信基督教呢？完全没有。正相反，那些幼稚的插画给我留下了怪异而可疑的印象，传统的布道内容反而成了陪衬。

最可疑的是在迦拿的婚礼上，耶稣把装在瓶子里的水变成葡萄酒的故事（出自《约翰福音》）。最怪异的则是耶稣向门徒们讲述把面包想成自己的肉、葡萄酒想成自己的血的故事。

面包＝耶稣的肉、葡萄酒＝耶稣的血，小时候在绘本里读到的版本，在长大后读的《圣经》里是这么说的：

“……我是从天上降下来生命的粮；人若吃这粮，就必永远活着。我所要赐的粮，就是我的肉，为世人之生命所赐的。”

因此，犹太人彼此争论说："这个人怎能把他的肉给我们吃呢？"耶稣说："我实实在在地告诉你们，你们若不吃人子的肉，不喝人子的血，就没有生命在你们里面。吃我肉喝我血的人就有永生，在末日我要叫他复活。我的肉真是可吃的，我的血真是可喝的。吃我肉喝我血的人常在我里面，我也常在他里面。永活的父怎样差我来，我又因父活着；照样，吃我肉的人也要因我活着。这就是从天上降下来的粮。吃这粮的人，就永远活着，不像你们的祖宗吃过吗哪还是死了。"这些话是耶稣在迦百农会堂里教训人说的。

——《约翰福音》6:51-59

门徒犹大背叛后，耶稣被钉上了十字架。在最后的晚餐上，耶稣在离别之际，对门徒们说了同样的话：

他们吃的时候，耶稣拿起饼来，祝福，就擘开，递给门徒，说："你们拿着吃，这是我的身体。"又拿起杯来，祝谢了，递给他们，说："你们都喝这个，因为这是我立约的血，为多人流出来，使罪得赦。"

——《马太福音》26:26-28

这个故事对小孩具有极大的冲击力。不管是多么敬爱的人的血，也想象不出怀着感恩的心情把它喝下去的感觉。把美味的葡萄酒想象成人血的那一瞬间，就会丧失喝的欲望。我为竟然有这样的人而震惊，着实受到了不小的文化冲击。

那天晚上，我直到天亮都没合眼，脑子里一直想着自己能不能喝下亲爱的父亲、母亲或妹妹的血，恶心得难以忍受，开始在单人床上做倒立。

当时的人们似乎也有些不适。《约翰福音》在刚才引用的部分后面继续写道，多数门徒被耶稣这番言行吓了一跳。

> 他的门徒中有好些人听见了，就说："这话甚难，谁能听呢？"耶稣心里知道门徒为这话议论，就对他们说："这话是叫你们厌弃吗？倘或你们看见人子升到他原来所在之处，怎么样呢？叫人活着的乃是灵，肉体是无益的。我对你们所说的话就是灵，就是生命。只是你们中间有不信的人。"
>
> ——《约翰福音》6:60-64

耶稣似乎是为了检验门徒们的信心才说这番话。于是，有大半门徒觉得无法再跟随他，便离开了。

从此，他门徒中多有退去的，不再和他同行。

——《约翰福音》6:66

奥姆真理教事件爆发的时候，我忽然想起小时候发生的一件小之又小的事。

麻原彰晃这个中年男人怎么看都脏兮兮的，竟然有人重金购买他的洗澡水，还感恩戴德地喝下去；还有人以惊人的价格争相购买号称混有教主血液的果汁，边喝边流下感激的眼泪。

这种可疑而怪异的感觉与当年读过的绘本有类似之处。也许整本书中都充斥着这些，才让我觉得有趣。

虽然有点让人敬而远之，但无法忽略它们，真是不可思议。是非善恶仅仅一纸之隔，神圣与低俗或许比邻而居。越过这条线大概比想象中更简单。

然而，虔敬的基督教徒的看法却不一样。逗子市的泷本美子小姐是这么解释的：

“耶稣说的不是肉眼能看见的血和肉，而是灵，是肉眼看不见的东西。从字面意思来理解的人离开了，只有从象征意义来理解的人才能继续追随耶稣。”

小时候接触这个故事时，我的反应完全符合那些“从字面意思来理解的人”。

U 子阿姨的儿子骨折半年后，我在熨衣服时手不小心滑了一下，熨斗掉下来，把右脚烫伤了。不仅刚受伤的时候很痛苦，起水泡的皮肤剥落后露出伤口，接触到空气，那种疼痛更是难以忍受。我疼得嘶嘶呻吟。母亲非但不安慰我，反倒说：“想象一下原子弹爆炸时广岛和长崎的人们吧，他们可是在比熨斗烫几千倍的火焰中痛苦地死去的。”

一瞬间，那种在地狱的火焰中东逃西窜、身上的皮肤寸寸剥落的恐怖和痛苦逼近了我，脚上的疼痛无影无踪了。

母亲上学时是基督教徒，曾经和 U 子阿姨一起热心地去教堂做礼拜，虽然后来退出了教会，但似乎把教会劝诫世人的那一套方法学会了。

故事中的苹果

最能代表欧洲文明的水果是什么呢？恐怕除了苹果没有别的答案了吧。

试着回忆一下苹果作为关键小道具登场的故事和歌曲，你会发现数量多得令人惊讶。

首先，根据《圣经》的记载，导致人类的祖先亚当和夏娃被逐出伊甸园的禁果就是苹果。而根据玛格隆妮·图桑－沙玛所著的《世界食物百科》，“法国至少从五世纪就开始流传夏娃因为吃了苹果被永远赶出伊甸园的故事”。这么一说，小时候读的圣经故事里的插画也是苹果。然而，该书的作者接下去写道：“这是个大错误。”于是我赶紧去查《圣经·创世纪》中的那段话。

> 蛇对女人说：“神岂是真说不许你们吃园中所有树上

> 的果子吗？”女人对蛇说：“园中树上的果子，我们可以吃；唯有园当中那棵树上的果子，神曾说：‘你们不可吃，也不可摸，免得你们死。’”蛇对女人说：“你们不一定死；因为神知道，你们吃的日子眼睛就明亮了，你们便如神能知道善恶。”于是，女人见那棵树的果子好作食物，也悦人的眼目，且是可喜爱的，能使人有智慧，就摘下果子来吃了；又给她丈夫，她丈夫也吃了。他们二人的眼睛就明亮了，才知道自己是赤身露体，便拿无花果树的叶子，为自己编作裙子。

两人受假扮成蛇的撒旦诱惑，吃了树上那曾被神警告绝对不能吃的果子，结果获得了智慧和肉欲，却失去了住在乐园的权利，人类波澜万丈的历史由此拉开帷幕。但关键的果子指的是苹果这件事，《圣经》却只字未提。那种果实用拉丁语写作pomum'，用希腊语写作karpos，明明都不是“苹果”（苹果用拉丁语写作malum'，用希腊语写作melon）。“也许最先翻译《圣经》的高卢和罗马的基督徒觉得，如果伊甸园里只有一种果子，那么一定是苹果。因为苹果在当时已经十分普及，无论哪个果园里都有苹果。”（《世界食物百科》）

第二个与苹果有关的令人印象深刻的故事应该是《纠纷的

苹果（金苹果）》。古罗马历史学家查士丁这样称呼希腊神话故事中出现的苹果，此后，它在西洋各国就频繁地用来指代引发口角与战争的原因。

那就来说一说关键的故事吧。也许很多人都知道这个故事。掌管纠纷的女神厄里斯在一次结婚喜宴上把金苹果扔在客人面前，苹果上刻着“给最美的女人”。出席婚宴的有赫拉（奥林匹斯众神之主宙斯的正妻，掌管女性、婚姻和家庭生活的女神）、雅典娜（掌管知识、技术和武艺的女神）和阿芙罗狄忒（掌管美和丰收的女神），每个人都对自己的美貌非常自信。三位女神都认为自己应该得到这个苹果，理所当然地开始了激烈的争论。谁也不肯退让，争执越来越激烈，最后决定让第三者来仲裁。特洛伊王普里阿摩斯的儿子帕里斯被选中，他评判阿芙罗狄忒才是获得苹果的合适人选。作为感谢，阿芙罗狄忒帮助帕里斯拐走了斯巴达国王墨涅拉奥斯的王后海伦，从而引发了特洛伊战争。

第三个关于苹果的著名故事是德国文学家席勒的剧本《威廉·退尔》。十三到十四世纪，瑞士人民为了守护自古以来的自由，奋起反抗哈布斯堡皇室的专横统治，威廉·退尔正是传说中活跃在这个时代的英雄。这位著名弓箭手因为没有向长杆顶上挂的国王的帽子鞠躬而被捕，他射中八十步开外的儿子头上的苹果的场面，就像歌舞伎里的招牌剧目一般受人喜爱。

全世界的孩子都爱读的《格林童话》中的《白雪公主》的故事，也是由苹果引向最高潮的。魔镜告诉王后，白雪公主比她美一千倍，这位继母（《格林童话》的原作中是生母）为了置白雪公主于死地，便假扮成商人，诱使她吃下有毒的苹果。

也许苹果对那个地区的人们来说，是最熟悉、最美味又最贴近生活的水果。挖掘瑞士到意大利北部湖畔地带的新石器时代地层时，便发现生活在那里的人们有吃苹果的痕迹。

十五世纪哥伦布从新大陆带回的马铃薯被称为“地下的苹果”，西红柿则是“黄金苹果”。从这些称谓也能看出，苹果那时是正统水果的代名词。

代表西欧的水果是苹果，那么代表日本的水果是什么呢？

我觉得可能是柿子吧。

在童话故事（《猴蟹大战》）、俗语（“柿子皮让吝啬的乞丐去剥”）、俳句中的季语（“方啖一颗柿，钟声悠婉法隆寺”）以及绕口令（“隔壁的客人是总吃柿子的客人”）中，都能看到柿子的身影。柿子是日本人最熟悉、最亲切的水果。

对了，柿子的学名 *Diospyros kaki* LINN.f. 正是来自日语。

桑布真的吃了老虎黄油厚松饼吗？

《小黑人桑布》由于有种族歧视之嫌，如今已经从书店里消失了踪影，但和我年纪差不多的人应该都爱读。生活在丛林里的黑人少年桑布被凶猛的老虎抢走了身上的衣服，老虎们却自己打了起来，最终自取灭亡。

故事的最高潮，被逼到绝境的桑布爬上了椰子树，老虎们互相咬着尾巴绕着椰子树转圈，想袭击桑布，结果它们的速度越来越快，最终竟化成了黄油。虽然故事荒唐无稽，却紧紧抓住了小孩子的心。故事中，妈妈用那些老虎黄油为桑布做了很多很多厚松饼。

“哎，做厚松饼吧。”

每次读到这里，我都会流着口水乞求母亲。

“这么说来，我也是这样。”

“嗯嗯，读到这儿，我也很想吃厚松饼。”

和我一样的人真不少，甚至可以说，我还没遇到过读了这个绘本却不想吃厚松饼的人。

那时候，每当在动物园或马戏团里看到老虎，就会从老虎联想到黄油，再想到厚松饼，然后嘴馋得不得了。桑布的故事就是这么深入人心。

如果有厚松饼推广协会这种组织的话，应该为这个作出巨大贡献的故事颁发奖状。倘若我是会长，一定要这么办。

然而稍微长大一点后，我开始觉得奇怪。

记忆中，插图上的桑布是黑皮肤、卷头发、大鼻孔、厚嘴唇，拥有明显的黑人即非洲原住民的特征。可这种原住民、丛林、繁茂的椰子树和香蕉树，都只存在于非洲大陆和南美洲中部。而在这两个地域，原住民的饮食中并没有厚松饼这种东西。

无论是薄松饼还是厚松饼，美国人都经常吃，美国还有松饼连锁店。而在欧洲，除了英国人之外，欧洲人常吃与松饼稍有差别的可丽饼（不加发酵粉的松饼），基本不吃故事中那种松饼。

这样一来，《小黑人桑布》的舞台就只能是曾是英国殖民地的非洲某地，或深受美国文化影响的南美洲中部某个地方了。

接下来的问题是老虎。老虎的栖息地只分布在亚洲，不可能自由自在地生活在非洲或南北美洲。

也就是说，小黑人桑布吃的厚松饼里不应该有老虎黄油。

这究竟是怎么一回事呢？原来《小黑人桑布》的故事发生在印度。作者是英国的海伦·班纳曼，她与丈夫一起在当时是英国殖民地的印度内陆，从事传染病预防等医疗活动。酷热的夏天，孩子们离开她去了别的地方避暑，她给孩子们寄去画着画儿的信，其中就有《小黑人桑布》的故事。这个故事后来在英国以绘本的形式出版，被翻译成世界各国的语言。日本战后著名的儿童文学家都将它评价为完美的儿童绘本，以岩波书店的绘本系列为首，各家出版社都出版了《小黑人桑布》。

那么，为什么我小时候看的日文绘本中，桑布完完全全是黑色人种的模样呢？

原来，在日本发行《小黑人桑布》的出版社，没有一家是原原本本翻译原书的，当然也没有使用作者海伦·班纳曼的画。海伦画在绘本上的本来是南印度的风景和人物。翻看手头海伦亲手画的画儿，里面的桑布明明长着印度人的脸，不是黑人，而是黑皮肤的雅利安人，是印欧语系民族。可日本的出版社发行的绘本里，不管是桑布、桑布的母亲曼布，还是父亲将布，统统都是黑人的样子。

此外，桑布、曼布和将布这种充满南美风情的名字又是怎么回事？这似乎是原作者为了押韵，让孩子们读起来像读童话般开心而取的名字，但失去了印度人的特征。

况且印度人常吃的是用面粉做成的馕，而不是厚松饼。原作里写的是薄松饼，或许是这位英国作者用薄松饼来表示馕，而翻译成日语时译过了头，成了当时流行的厚松饼吧。老虎黄油也是，其实在原作里是印度饮食中经常使用的酥油。

这样看来，小黑人桑布吃的，其实是加了足足的老虎酥油的馕。

亨塞尔与格莱特的糖果屋

很多人上小学前应该都读过《格林童话》中亨塞尔与格莱特兄妹的故事吧。

贫困潦倒的樵夫夫妻为生活所迫，把儿子亨塞尔和女儿格莱特扔在森林里。第一次，哥哥亨塞尔在路上扔下小石子做记号，得以平安回家。但他们的父母不知悔改，再次抛弃了兄妹俩。这次事出突然，亨塞尔没时间拣小石子，只好用面包屑做标记，结果面包屑被小鸟吃掉，兄妹俩迷了路。他们俩在森林里走投无路，又累又饿、精疲力尽时，眼前出现了一只雪白的鸟，他们跟着那只鸟来到一间糖果屋。两个人正开心地狼吞虎咽时，一位老婆婆招呼他们进屋。快乐往往都是短暂的，原来那是巫婆的住处。老婆婆支使格莱特做家务活，想把亨塞尔养得胖胖的吃掉。

为了把亨塞尔整个儿烤熟，巫婆叫格莱特去看看面包烤炉的火候。格莱特巧妙地骗过巫婆，趁她查看面包烤炉时，从背后将她推入了烧热的炉子。捡回性命的兄妹俩带着巫婆的财宝回了家。

“他们两个居然还回到抛弃自己的父母身边，不怕又被他们扔掉吗！”

我担心地合上书本。直到现在，我都对兄妹俩后来的命运耿耿于怀。

格林兄弟收集了许多当时民间流传的“孩子与食人者”的传说，以它们为基础创作了《亨塞尔与格莱特》。不仅是德国，整个欧洲都有很多类似的童话故事。被抛弃在森林里的孩子险些被巫婆或野兽吃掉，千钧一发时，他们合力逃脱或打败了对方，平安归来。这种“孩子与食人者”的模式存在于世界各地的传说中（日本的《天道的金链》也是一个变种），受到研究民间传说的学者重视，但我更关注故事结构中“被抛弃的孩子在冒险归来后得到成长”的部分。也许抛弃孩子在当时频繁发生，因此遭受良心谴责的父母也不少。童话故事肩负着把人们从这种矛盾心理中解放出来的使命。

亨塞尔与格莱特的版本中，主角是兄妹，当然还有姐弟、姐妹或兄弟的版本。食人者有巫婆、术士、蛇或熊的化身的区别，食人者的住处也有像海百合一样的小屋、洞穴、巨大的树冠或城堡等许多种，真是五花八门。

在此类故事中，为什么只有《亨塞尔与格莱特》在日本大受欢迎？虽然俄罗斯有类似的故事，但换成俄罗斯孩子的话，一千个人中都未必有一个人知道《亨塞尔与格莱特》。

恐怕是——不，一定是糖果屋这个大道具的关系。许多日本出版社认定小孩儿喜欢甜食，便把这个童话制作成了绘本。

然而，由于担心会蛀牙，从小母亲就不给我吃甜食。比起巧克力，我更喜欢仙贝，比起裱花蛋糕，更喜欢烤甘薯，比起糖果，更喜欢可乐饼。糖果屋令我毛骨悚然。一点点甜食会觉得美味无比，但一大堆甜食的话就让人厌烦。看到图画中满是巧克力、糖果和蛋糕的房子，我皱起了眉头。

但尝过德国点心后，我忽然发现了糖果屋的魅力。用果实、水果干、有酸味的乳制品做成的烤点心和甜面包，品种多样且富于变化，绝不会太黏糊和甜腻，吃多少都不会腻烦，味道足以代替正餐。

发现新大陆后才传入欧洲的巧克力当时还很贵重，独居在森林里的老婆婆应该很难买到。砂糖也是，在十七世纪以前只有上流社会的人才能使用，据说还曾被当成药物，是平民百姓可望而不可即的奢侈品。所以有甜味的原因应该是加入了蜂蜜……唔，好想尝尝糖果屋的味道。

圆面包如何逃离狐口?

几乎所有的欧洲国家都流传着小小圆面包的冒险故事。可是在日本，大家对这个故事却不怎么熟悉。那么先来简单说一下故事内容吧。

有位老爷爷肚子饿了，他的老伴就吭哧吭哧地刮面粉箱，凑了一把面粉，然后混入足量的酸酸的农家干酪，揉成滚圆的球儿，涂上黄油，放到灶里烤。

差不多烤好后，老奶奶将柔软的热乎乎的圆面包从灶中取出，放在窗边冷却。圆面包一开始还老实地静静待着，慢慢觉得无聊，从窗边滚到椅子上，又从椅子滚到地上，然后滚到门外。圆面包在原野上骨碌碌滚着，遇到了小兔子。

“圆面包，你看起来真好吃呀。”

眼看要被兔子一口吃掉，圆面包却不慌不忙地对兔子说：

“急急忙忙吃掉的话，就听不到我好听的歌了，听完之后再吃好吗？”

接着，它开始用优美的声音唱起歌来。民间传说的故事本身就押韵，所以圆面包的歌也很有韵律。

“我是天下第一的圆面包。面粉里混入足量的农家干酪，涂上黄油，在灶里烤。柔软又热乎，在窗边放凉时，从老爷爷和老奶奶身边逃掉，怎么可能被你抓到！”

圆面包飞快地打着滚，从兔子眼前消失了。

接着，圆面包遇到了狼和熊，也都在即将被吃掉时展露引以为豪的歌喉，成功地逃脱了。它离开时的唱词也越来越长。

“从老爷爷、老奶奶、兔子和狼身边逃掉，怎么可能被你抓到！”

圆面包最后遇到了狐狸。狐狸一见面就开始不断恭维圆面包。

“你好呀，圆面包。你怎么那么漂亮。烤得那么柔软，又热乎乎的，看起来真美味呀。”

圆面包非常开心，开始展露得意的歌喉。“……从狼和熊身边逃掉，所以你也抓不到！”

唱完最后一节时，它被狐狸叫住了。

“啊，多好听的歌啊。我都听得陶醉了。拜托你再唱一遍吧。

对了，可不可以在我的鼻子上唱？我最近耳朵有点听不清了。”

圆面包扬扬得意，兴奋地跳上狐狸的鼻子，又唱了一遍。

“啊，多优美的歌声啊。拜托你，我还想再听。可不可以站在我的舌尖上唱？我觉得那样听得更清楚。”

圆面包“砰”地弹起来，落在狐狸伸出的舌头上。结果它马上被一口吞下了肚，无处可逃。

我少女时代在布拉格读书，周围的孩子们都能背诵这个小时候听过很多遍的童话故事。大家还在家政课上学习如何制作故事中那种加了农家干酪的圆面包。

后来我忘记了圆面包和这个故事。直到一九八六年因为工作前往苏联，我发现圆面包的故事有了新版本，并广受好评。

现代版里，圆面包并没有被狐狸吃掉，而是成功地从狐狸嘴边逃脱了。

圆面包在落下的时候，发现狐狸张大了嘴巴在等着它，于是唱起了下面的歌词：

“我是用特别的小麦粉做成的，小麦长在切尔诺贝利肥沃的大地上。”

狐狸慌忙合上嘴，圆面包“砰”地从狐狸的鼻尖上弹起来，骨碌碌地滚走了。

大芜菁的食用方法

日本孩子最熟悉的俄罗斯民间故事中，有个“大芜菁”的故事。

“长出又大又甜的芜菁吧。”

一位老爷爷精心栽培了一棵芜菁，可是由于发育过度，长成了庞然大物。

老爷爷一个人拔不动，就叫来老奶奶，可两个人一起拔，芜菁依然没有反应。孙子也赶来帮忙，但芜菁还是一动不动。

他们又动员狗和猫前来帮忙，芜菁仍然纹丝不动。最后连老鼠也来帮忙了。

老鼠拉着猫，猫拉着狗，狗拉着孙子，孙子拉着奶奶，奶奶拉着爷爷，爷爷拉着芜菁……嗨哟嗨哟……终于把大芜菁拔了出来。真是可喜可贺，可喜可贺。

这是一个极其简单的故事，但不知为何，孩子们和曾经是孩子的大人们都为之深深感动。

或许是因为它准确地戳中了人生中某些讽刺性的现实。微不足道的老鼠尾巴，有一天却成了关键性的力量，扮演了将巨大的权力集团彻底击溃的戏剧性角色。

选举的时候，看到仅凭几票之差当选或落选的候选者，我就会想起这个大芜菁的故事。被认为不可动摇、实则多有不现实之处的苏维埃体制，由于戈尔巴乔夫旨在延长政权寿命进行的改革，却反而缩短了寿命（相当于狗的角色？）。这一体制最终在仅仅数百人的带领下发生政变（相当于猫？），因叶利钦成立独联体（相当于老鼠？）而瓦解的过程，我觉得就像在重复《大芜菁》的剧本。

我对自民党长时间执政感到厌烦，经常思考森首相是狗、是猫还是老鼠来消解苦闷。

到了今天，《大芜菁》依然是俄罗斯最受喜爱的童话故事之一，常常与《傻子伊万》和《三只小熊》争夺第一的宝座。

那么芜菁呢？芜菁也是俄罗斯人喜爱的食物吗？

由于工作原因，我差不多去过俄罗斯两百次，但一次都没吃到过芜菁，在蔬菜店和市场上也没见过。沙拉中有和芜菁长得差不多的樱桃萝卜，但《大芜菁》的“芜菁”在俄语里是“репка”，与樱桃萝卜的“редиска”不一样。

V. M. 科瓦廖夫所著的《俄国饮食——传统与风俗》一书解开了我多年的疑问。

芜菁竟然是人类最早认识的农作物之一。在古埃及，它是建造金字塔的奴隶的食物；而在古希腊，为阿波罗神殿献上贡品时，会用银盘装砂糖萝卜，用铜盘装芜菁。

随着罗马人成功改良芜菁的品种，欧洲各国也开始食用芜菁。据记载，在中世纪，瑞典和挪威的农民要把芜菁收成的十分之一缴纳给教会作为税金。

芜菁不管在多严峻的气候条件下、多贫瘠的土地里都能生长，收割后也能长期保存，有很长一段时间是俄国餐桌上的主角。据说在十八世纪至十九世纪，来自新大陆的马铃薯推广到俄国各地之前，芜菁一直占据着主食的位置。

《大芜菁》的故事就是那时诞生的。

踩着面包坠入地狱的女孩

安徒生一生写下了一百五十六篇童话。其中既有像《拇指姑娘》《白雪皇后》那样结局圆满的经典冒险故事，也有像《海的女儿》《小锡兵》《卖火柴的小女孩》那样主人公可怜无助、令人感到悲伤的故事，还有像《皇帝的新装》《丑小鸭》那样暗含讽刺的寓言故事，作品种类多种多样。当然，其中也有带有恐怖意味的故事，例如《踩面包的女孩》。

少女时代，我在童话广播节目中第一次听到这个故事。一个女孩不想被水坑弄脏鞋子，便想用雪白的面包做垫脚石，结果她刚踩上面包，脚就开始慢慢往下陷，坠入了地狱。

“呀——”扮演女孩的播音员那时发出的尖叫声，一直萦绕在我的耳边。之后大概有三年，每当遇见水坑，不管有多麻烦，我都要绕开走。

这个故事的主人公生来傲慢任性，有时为了寻开心，会残忍地拧断虫子的翅膀或腿。她拥有出众的美貌，被送到有钱人家干活儿，受到宠爱又过得奢侈，性格变得越来越坏。

她觉得贫穷的父母是耻辱，根本不想回家看望，但女主人叫她去看望父母，她只好不情不愿地回去。女主人还准备了雪白松软的面包等许多礼物让她带回家。

前面的故事就发生在她回家途中。最终，女孩被关进了地狱，脚底粘在面包上不能动弹。

在欧洲，白面包似乎是有钱人才能经常吃的奢侈品，是身份的象征。贫穷的百姓只能吃黑面包。

幼小的我从故事中学到了这个知识，还把父母经常挂在嘴边的“糟蹋大米会受到报应”中的“大米”替换成“面包”，理解了他们的意思。

就像日本会发生抢米风波，吃不上面包也会发生暴动和革命。法国大革命爆发的时候，王后玛丽·安托瓦内特听到下属说“那些人是因为吃不上面包而愤怒”，竟回答说：“吃不上面包，吃蛋糕不就好了嘛。”这句话虽然可能是编造出来的，但很快就在民众中流传开了。

这大概是因为面包是人与人之间不平等的象征。正是这不平等引发了革命。这位王后最终死在断头台上，因为轻视面包而踏上地狱之路。

百姓奋起参加俄国革命，最根本的原因也是因为多数农民被强征入伍，参加第一次世界大战，使得农业荒废凋敝，人们吃不上面包了。沙皇俄国同样因为轻视面包而坠入地狱。

接着成立的临时政府也没能终结战争，对农村的荒废景象和城市中的饥馑放任不管，在短短八个月后走上相同的道路。

所以，列宁为了改革而召集国民的口号是“给国家和平，给农民土地，给勤劳者面包，给农民议会权力”。一九一七年十月革命胜利后，如约无条件退出战争，给予农民土地。

然而，有三十三个国家为了镇压革命派兵干涉。在艰苦的拉锯战中，农民们开始对将来感到不安。他们抱紧农田里的收成不松手，城市里的人们陷入了饥饿的折磨。

无奈之下，革命政权只得派遣征粮队进入农村。此时产生的对面包生产者的不信任，大概成了后来暴力推行农业公有化政策的重要原因。在这个过程中，许多农业生产的中坚力量受到损失。农业遭到毁灭性打击，从革命前出口小麦的农业大国沦为小麦进口国。

尽管如此，苏联仍想继续贯彻建立“谁都能吃上面包的社会”的革命理想，一边用国库里珍贵的黄金补助集体农场和国营农场，一边继续从外国进口小麦。为了把面包的市场价控制在极端便宜的价格上，政府不得不一直进行补贴。

结果，人们开始糟蹋等于白送的面包。食堂和面包厂以比家畜饲料还便宜的价格，把面包偷偷出售给畜牧场。面包只是稍微变硬一点，就被老百姓满不在乎地扔掉。

众所周知，这最终导致国家财政破产，坠入地狱。

回过头来看看日本。战后的经济发展政策把工业产品的出口放在第一位，这项政策的最大牺牲者就是大米产业。减少耕种面积和补贴的政策深深地伤害了农民的自尊心。

我觉得日本坠入地狱的日子也不远了。

卷心菜中蹦出小孩儿

自己是从哪儿来的，是怎么来到这个世上的，大多数的孩子到了四岁左右都会产生这样的疑问。但即便慌张的家长冒冒失失地说了实话，孩子们也听不明白。

有一阵子“不要害怕，告诉孩子真实情况”的观点很流行。友人十分认同这个观点，毫不隐瞒地向四岁的女儿坦白道：

“绘丽是从妈妈肚子里出来的。”

女儿似乎听懂了。可是到了弟弟身上，她又冒出了新解释：“隆志是从爸爸肚子里出来的。妈妈生女孩，爸爸生男孩。”

最后女儿竟然说：“不管妈妈也好，爸爸也好，下次生两只小猫出来吧。”

不久后，小女孩看到了意大利电影《米兰奇迹》开头卷心菜地里不断生出小孩的场景，又坚定地认为“绘丽和隆志也是从卷心菜中生出来的”。

众所周知，卷心菜地里生出小孩与鹳鸟送子，是欧洲关于孩子来源的两大传说。

据百科全书等典籍记载，卷心菜地的传说起源于中世纪苏格兰的一项传统仪式。在十一月万圣节的前夜，未婚男女赶到卷心菜地，蒙上眼睛，顺手拔起收割后的卷心菜根占卜爱情，或者割下卷心菜的茎，通过占卜选择配偶。菜根占卜之类的并不可信，比如说“菜根上沾有泥土的话，爱情就必定有完美结局”，问题是有没沾土的菜根吗？

菜茎占卜也是，通过茎的粗细和弯曲来占卜对方的体格，通过味道来占卜对方的秉性之类，只不过是给青年男女提供择偶机会的游戏。大概是从这种男女在卷心菜地里邂逅和结合的风俗中，诞生了卷心菜地里生出孩子的传说。实际情况或许就是这样。

可是，为什么只有“卷心菜地会生出小孩儿”这种传说扩散到整个欧洲，甚至世界各地呢？这个传说的基础——未婚男女相约在卷心菜地的仪式只流行于苏格兰，为什么卷心菜地里生出小孩的传说却被各个民族接受了？

第一个原因大概是，卷心菜不仅是人类从史前就开始栽培和食用的植物，现在也深受世界各地人民喜爱。

关于卷心菜原产地是哪里的问题，很多国家各执一词，但产于高加索地区科尔基斯盆地的说法比较有说服力。科尔基斯盆地与卷心菜类似的植物品种，要比其他地区多得多。

卷心菜被传播到世界各地，得到了各个民族和时代的重视。在这一点上，恐怕没有别的蔬菜能与它相提并论。

尤其是古希腊与古罗马，人们对卷心菜的偏爱简直狂热到难以置信的地步。

先说希腊。亚里士多德的弟子，身兼哲学家与博物学家，同时也是世界上第一位植物学家的泰奥弗拉斯托斯，在著作《关于植物的研究》（俗称《植物志》）中，详细记载了当时在雅典栽培的三种卷心菜。一位名为弗利希普斯的哲学家研究了卷心菜给人体各个器官带来的影响，并写下专题报告。毕达哥拉斯在著作中说明了卷心菜的效用，甚至尝试过品种改良。医学家狄奥斯科里迪斯也大力称赞卷心菜的药用效果，甘当卷心菜的宣传使者，积极宣传这种蔬菜“对健康有好处，所以要多吃”。

罗马著名政治家，同时也是文人的老加图在著名的《农业志》一书中介绍了卷心菜的三个品种，并对它促进消化的能力赞不绝口。医学家拉杰斯和博物学家老普林尼也是热心的卷心菜推广者。

多亏了他们，卷心菜成为罗马贵族和百姓热爱的食物，他们尤其喜欢搭配肥猪肉或里脊火腿一起吃。顺便提一下，这种组合至今也没有发生大的改变，人们觉得比起牛肉和鸡肉，卷心菜和猪肉，特别是香肠、火腿、培根等猪肉制品更配。

据说亚历山大大帝甚至在远征中都热心地劝说士兵吃卷心菜："卷心菜对身体好。"托他的福，卷心菜在亚洲也得到了推广。

到了中世纪，卷心菜的受欢迎程度不但没有衰减，反而越来越高，吃卷心菜的人越来越多了。

中世纪伊斯兰世界最权威的医学家和哲学家伊本·西纳（欧洲人称他阿维森纳），在堪称医学理论与临床医学大全的教科书《医典》中，介绍了先人的卷心菜论，并对其进行了验证和补充。

德国和俄国从中世纪开始食用卷心菜，现在卷心菜已成为国民饮食中不可或缺的食材。难以想象没有酸菜的德国菜、不含卷心菜的罗宋汤和缺了卷心菜卷的巴尔干菜。

连明治以后才开始栽培卷心菜的日本也一样。大众食堂[①]里没有一天看不到卷心菜丝。

如上所述，全世界都在栽培和食用卷心菜。卷心菜地真是

---

①向大众提供廉价食物的餐饮店。

和我们的生活密不可分。

第二个原因，大概是卷心菜的形状很像被好几块布包裹着的婴儿。其实现在的结球品种是古罗马时代改良的结果。这应该也对流传甚广的卷心菜地里生出孩子的传说做出了很大的贡献。

桃太郎的黍米丸子

《桃太郎》是经典的日本童话故事，被称为江户时代的五大童话之一。不知道《桃太郎》，就不是真正的日本人。

大家应该从小就听过很多遍，对这个故事非常熟悉了，但还是简单讲一下故事情节。

有位老婆婆在河边洗衣服时，从河面漂来一个大桃子。她把桃子带回家，从里面蹦出一个健康的小男孩，他就是故事的主人公桃太郎。出人意料的是，桃太郎长大后说要去鬼岛上惩治妖怪。于是老婆婆为他准备了黍米丸子。路上，桃太郎先后遇到了狗、猴子和鸡，给它们黍米丸子后，它们都成了桃太郎的随从，加入了征伐妖怪的队伍。在鬼岛上，大家发挥各自的本领，漂亮地降服了妖怪，抢了许多宝物作为战利品，回到家乡。

很小的时候，包括我在内的小孩吃桃子时总是小心翼翼，生怕万一桃子里面有个小男孩的话，会伤了他。顺便说一句，我甚至战战兢兢地偷窥过郁金香，看里面会不会蹦出拇指姑娘。

稍微长大一点后，我开始对黍米丸子产生了好奇。

惩治妖怪是非常危险的事情。不要说负伤，说不定还会丢了性命。让他们冒着危险也要追随桃太郎的食物一定很好吃，而且很难弄到手。啊，真想吃一次！

可是现在，在我们的日常生活中几乎看不到黍米和黍米丸子了。难道这是童话故事中才有的食物？渐渐地，好奇心不再蠢蠢欲动，黍米丸子像画饼一样只留在想象中。

生来第一次吃到黍米丸子，是学生时代去冈山旅行的时候。我一看到土特产店里在卖黍米丸子，就马上扑了上去，迫不及待地撕开包装，咬了一口里面的黄色小块。但吃进嘴里，那味道却是莫名其妙、毫无特色（想描写也描写不出来，就是这么没滋没味），让我非常失望。

“哎？骗人的吧。开什么玩笑，居然为了这样的丸子跑去鬼岛，还拿命来交换?！”

我不断地腹诽，回过神来，发现盒中的黍米丸子已经全下肚了。

二十年后，我为一场关于农产品进出口的国际会议做同声传译，去了美国加利福尼亚。会议期间安排了观摩活动，我们参观了养猪场。刚好赶上喂饲料的时间，膘肥体壮的猪吧唧吧唧地吃着什么东西。

“看起来很好吃啊。是什么饲料呢？”

答案是 hog millet，也就是黍米。那时才明白，也许对猴子、狗和鸡来说，黍米丸子是非常有魅力的。

《咔嚓咔嚓山》的狸肉汤

最近一部分儿童绘本中,坏人的结局发生了变化。《割舌雀》中贪婪顽固的坏婆婆,《猴蟹大战》中自私自利、嗜虐成性的猴子,还有《咔嚓咔嚓山》中愚蠢的狸,都对做过的坏事表示悔改,向对方致歉并得到了原谅。似乎出现了不必遭受可怕的惩罚就圆满收尾的版本。

说“似乎”,是因为我并没有看到过这样的绘本,只是看见《朝日新闻》上刊登了“这是很严重的问题”的投诉,才知道有这样的事。我这个月找了几家图书馆都没找到,还没有亲眼确认有这种事。

不过,根据现行的《少年法》,未成年人不管试图用多卑劣的手段虐待或杀害对方,都可以免于极刑,甚至连名字都不公开。从这种对待“作恶”的态度来说,上文的“严重问题”只是模仿了一贯的做法,看来并非不可能。

然而令我苦恼的是，到底能不能把《咔嚓咔嚓山》中的狸与《割舌雀》中的坏婆婆、《猴蟹大战》中的猴子放在一起讨论？可以把它当作坏人吗？

《咔嚓咔嚓山》十分之九的内容都在讲备受老婆婆和她的老伴宠爱的兔子，向杀死老婆婆并把她做成汤的狸复仇的故事。兔子手段狠毒，毫不留情，使人联想到现在孩子间的欺凌行为。

最后被骗上泥巴船溺死的狸，真的做了那么残酷无情的事吗？

把老婆婆做成汤确实非常残忍，但话说回来，被老爷爷抓住的狸也差一点成了狸肉酱汤。

考虑到这一点，狸受到的对待实在太不合理了。因此，从太宰治到仓桥由美子，有许多作家对《咔嚓咔嚓山》进行了再创作，提出跟原作不同的解读。

故事的线索是狸肉酱汤。据说江户时代的日本人基本不吃四条腿的动物，但童话故事和古典落语里经常出现狸肉酱汤，看起来似乎是相当流行的菜。也许对很难吃到鱼的山里人来说，这是珍贵的蛋白质来源。

辞典里是这么说的："狸肉酱汤，汤菜的一种。以味噌为底，为去除臭气，加入削成薄片的牛蒡。”可是现在日本既没有狸肉出售，也没听说过可以吃狸肉的店。我至今也没有吃过。周围的人里，不仅没有吃过或做过狸肉酱汤的，甚至连听说别人吃过的也没有……母亲常去一家可以当天往返的护理中心，没想到有一天，那儿挂出的午餐菜单中竟然出现了“狸肉酱汤”四个字。

我激动地立刻打电话去问，结果大失所望。那儿的狸肉酱汤是素菜，是用炒魔芋代替狸肉的。

我想，既然能做这样的“模仿”，那货真价实的狸肉酱汤一定非常美味，但转念又想起食肉动物的肉不好吃这个常识。

这个疑问在茨城县自然博物馆馆长中川志郎的一篇文章中得到了解答。

“坊间流传的山珍‘狸肉酱汤’，其实是用日本獾做的。”日本獾别名貉，与属于犬科的狸极为相似，但它却是鼬科动物。狸是偏肉食型的杂食动物，貉也是杂食动物，不过基本是食草。冬眠前，貉会在皮下储存厚厚的脂肪，体重能达到三十公斤，肉不仅美味，而且量足，正是猎人的好目标。

它是比狸更温驯的生物，在《咔嚓咔嚓山》里差一点成为狸肉酱汤的，也许就是獾。

于是，我更为被认作“狸”的獾遭受了不合理的对待叫屈。

《饭团滚滚》的灾难

像《割舌雀》《除瘤老大爷》《开花爷爷》与《返老还童的水》这样，日本的童话里有许多结构相似的故事，脉络基本一致，只是故事的内容稍作修改。

勤劳善良又无欲无求的老爷爷（老婆婆），因为善行或长年的辛苦得到回报，遇到了幸运之事，可眼红的老伴或邻居家的老爷爷（老婆婆），却是个好吃懒做又贪得无厌的讨厌鬼，心想“好事凭什么发生在他身上，我不跟着捞一把就太吃亏了”，千方百计探听到获取好运的秘诀，并原样效仿，却反而遭遇不幸——这类故事的情节都大同小异。

可是，查阅集欧洲民间传说之大成的格林、安徒生及佩罗的作品集，这种故事结构却出人意料地很少见。

这说明日本人很久以前就有强烈的求同意识吧。别人是别人，如果羡慕和嫉妒别人的幸运，还企图效仿，便是贪婪无耻的行为。以前的故事千方百计地这样告诫人们。

可惜，这些训诫似乎没有什么效果。

电视台的某个节目火爆后，马上就有其他电视台争相效仿，邀请类似的艺人制作大同小异的节目。无论是家电产品、汽车，还是住宅，只要一出现什么畅销技术，所有的公司就一拥而上开发类似的商品。

不光是企业，许多日本父母仅仅因为自己的孩子跟别人不一样，就于心不安，绞尽脑汁想把讨厌学习的儿女送进大学。全世界也只有日本的父母会这样吧。

和周围的人不一样就忐忑不安，这就是现在支配日本公司和个人的根深蒂固的法则。

话说回来，《饭团滚滚》基本上是一个类似的故事。

有位生性勤劳、性格开朗的老婆婆，她到河边洗衣服，打开包袱正要吃午饭时，饭团却滚啊滚啊，掉进了洞里。老婆婆追着饭团进入洞里，妖怪们已经把饭团吃掉了。老婆婆听从妖怪们的要求，为它们唱歌跳舞，获得它们的欢心，最终得到一把神奇的勺子。

只要在锅里放入一粒米，用这把勺子搅一搅，就会立刻涌出大把大把的米，做出美味的米饭。

隔壁阴险贪婪的婆婆十分羡慕，也学着她的样子，谁知歌也唱不好，舞也跳不好，不仅没有得到妖怪们的神奇勺子，反而被拳打脚踢地教训了一顿。

在布拉格的学校上学时，我参加过长达三个月的夏令营。在讲述各自国家的童话故事时，我不知怎的讲起了这个故事。

虽然大家都听得很开心，但讲着讲着我就伤心起来。日本有那么多的童话故事，为什么偏偏选了《饭团滚滚》呢。我懊悔得眼泪汪汪。

“怎么了，万里？”

大家担心地问我，但跟他们解释，他们也不明白。

那天晚上我痛苦得一夜没睡，第二天、第三天也一直被同一个画面折磨。整整一周，我脑子里满满的都是饭团。想吃里面包着梅干的饭团，鲑鱼的也行，干鲣鱼的也行，如果被香香的海苔包裹着就更好了。只要能吃上饭团，我什么都愿意做。最后我实在忍受不了，给布拉格的母亲写了封信。

每隔一周的周日，是家长们来夏令营参观的日子，母亲准备了饭团带给我。我一边狼吞虎咽地吃着，一边细细品味这种幸福的感觉，生来第一次发觉离开大米简直要活不下去，自己真是个不折不扣的日本人。

正是水田稻作的传统培育了美味的大米，同时也孕育了日本人根深蒂固的求同意识。从这个意义来看，《饭团滚滚》真是充满寓意的故事。

间奏曲

Interlude

英国有三百个宗教和三种沙司，

法国有三个宗教和三百种沙司。

据说是十八至十九世纪

法国外交官 C.M. 塔列朗说的笑话

随胃所欲的神户

平生第一次盖房子时，我反复思考，什么样的房子好呢。

“快看快看！怎么样，我很豪华吧，很漂亮吧！”

我讨厌这种十分招摇、无时无刻不在炫耀的房子，想盖一座路过的行人一不留神就会看漏，但仔细看又觉得很不错的房子；一座无论外观还是内部装修都看不厌，历经十年、二十年、五十年，甚至百年都不过时的房子。与建筑师不断沟通设计图的过程中，这样的想法逐渐成形。某一天，我的脑海中突然灵光一现。

“对啊，去神户看看吧。”

那些十年或二十年前还觉得新颖的前卫建筑，现在看起来大多已经非常难看和过时了。但也有一些建筑的年代远比它们早，却随着时间流逝不断散发出魅力。神户的异人馆[①]正是如此。

①指 19 世纪来到日本的西方人居住的房屋，有浓郁的欧式建筑风格。

日式建筑中也有许多杰作，但与大多数日本人一样，现在我已经难以回归传统的生活方式了。异人馆一定会给我很多有用的启发和点子。

如果能住进异人馆改建的旅馆就好了。我开始在旅行杂志中搜寻，又上网查找，但都没有找到。符合期望的“北野酒店”因为一九九五年的大地震已经歇业（现在已重新营业）。我干脆选了几家古典风格的小型酒店作为备选，打算实地参观后再决定。

我要去神户的事传开后，亲戚们陆续打来电话或发来传真。他们之中有很多是超级吃货，一发现美食，就热情洋溢地想让别人也尝一下。他们深信这是最切实地使人幸福的方法。可是，把他们推荐的店统统都吃一遍的话，一个月也不够。胃只有一个，自由活动的时间只有两天，不管如何努力，也只有两次午餐和两次晚餐的机会。

我选择坐飞机而不是新干线前往，就是为了在神户吃午餐。九点四十五分从羽田机场出发，一小时后便到达伊丹机场。坐三十五分钟的出租车就可以到神户市区。出租车司机肯定听过无数乘客的感想，知道口碑好的酒店和味道不错的饭店在哪里。

这样就可以选好酒店再慢慢享受午餐。

在伊丹机场坐上出租车，司机正是这样的人，真是求之不得。他生在神户长在神户，经营的书店因为地震倒闭，所以转行做了出租车司机，对神户的街道了如指掌，而且喜欢聊天，态度很亲切。我请他从列出的酒店中选出三家评价高的，一家一家看过去。但刚好赶上考试季，眼下没有空房间，在三点钟办理入住手续之前都看不到内部构造，只能靠照片来判断。最终，我选择了“神户蒙特利酒店”，它的大厅忠实地模仿中世纪意大利修道院，显得有点滑稽，这份勇气与和室中高达三米的天花板吸引了我。

寄存好行李后，我去了“Jean Moulin”，这是住在神户的表弟（我十分相信他的舌头）打包票的法国餐厅，为此我早上没吃早饭就出门了。餐厅在北野，通往那儿的是一条很陡的上坡路，但陡峭的坡度与景致的美丽成正比。这样一路走来还没有食欲的话就奇怪了。位于北野异人馆街正中间的“Jean Moulin”是座有米色墙壁和深棕色窗框的漂亮异人馆。有传言说这里曾是瑞士商人的住宅，后来改建成了时髦的形式，看起来还以为真是如此，其实传言是假的，这是座新建的房子。如果能建一座像这样与周围浑然一体，像是百年来一直屹立于此的房子该多好啊，完全符合我设想的建房理念。

走进餐厅，受到了常客般的待遇，十分舒心，像是我常来这里一样。选了九千日元的套餐，从前菜、沙拉到普罗旺斯鱼汤都美味无比，一道比一道激发食欲，把面包都狼吞虎咽地吃光了。因为只有一个人，所以点了单杯的葡萄酒，滋味绝佳，于是又点了一杯。主菜选了早上刚从市场运来的鲷鱼，鱼肉清淡而新鲜，保留了食材的原汁原味，瞬间就被我一扫而空。连甜点和咖啡也不知不觉就进了胃里。特别是用鲍鱼和江珧做的沙拉，现在仍让人印象深刻，每次想起来就想去神户。出了店门才发现吃得太多，撑得简直要走不动了。

正好，边参观异人馆边消化。可是，通往“鱼鳞之家”的陡坡爬起来实在太痛苦了，幸好在那栋房子二楼看到了绝美的景色，才不枉费我这么辛苦。从那里望出去，神户的街道和港口一览无遗。鱼鳞之家似乎处处都蕴藏着故事，即便从里面看不到爬虫般怪异的外墙也没关系。

接着我又陆续参观了山手八番馆、北野外国人俱乐部、旧中国领事馆（从住宅文化来看，中国果然是与欧洲接壤的土地）和意大利馆等。那种历经百年都不过时的美，即使再过一百年也依然迷人。凸窗和玄关的拱门不经意地流露出居住在此处的舒适之感。我被窗户和楼梯扶手泰然自若的线条吸引，不觉频频按下快门，时不时地会冒出各种各样的想法，例如，接下来建房子的时候，就不用铝窗了吧。

黄昏时分回到宾馆办理入住。宾馆的单人间装修成了质朴的修女风格，浴室里贴着花样瓷砖，现在已经很少见了。我以为是错觉，走近一看，原来真是组合浴室。墙壁看上去像是泥瓦匠用瓦刀抹平的感觉，但实际上竟是壁纸，边角处剥落成一块一块的，有点扫兴。就像跳着天鹅湖的美丽芭蕾舞演员，小腿上却长着醒目的毛一样。模仿就要彻底和完美地模仿，不然只会变成滑稽的笑话。

重振精神后，出发前往贪吃的妹妹推荐我一定要去的天妇罗店“藤原”。那是十多年以前的信息，连地震后是否还在营业都不清楚，指南书和杂志上也没有这家店，不过在网上找到了。店铺静静地躲在元町拱廊街的岔道上，非常不显眼。踏进店里，感觉像是走进了电影布景之中。穿着烹饪衣的老板娘像银幕上的女演员，房子的建筑方式也是旧式的，不使用钉子。听说地震时曾发生倾斜，在余震的作用下又回到了原位，而附近大丸百货和银行的楼全都毁了。这儿的天妇罗面衣裹得比东京少得多，松松脆脆很容易下口。配菜是米醋拌的生菜，十分增进食欲。每道菜都令人叫绝，但章鱼天妇罗恐怕只能在这家店尝到。还有饭后水果，老板娘会找来当季最新鲜的水果，这似乎是常客们的一大乐趣。我吃到的是爱媛的蜜柑，听说昨天还是从宫崎运来的熟透的金橘。真是心满意足。今后来神户一定要先来这里。

像这种秘而不宣的地方有很多真正的好店。好吃的店即使不做宣传，来过一次的客人也一定会再来，并且自发地口耳相传。这样一想，牛排店“鹿皮”也值得期待。这是美食家们评价最高的神户餐馆，但从不做任何宣传。打电话查了一下具体信息，第二天没吃早饭，上午参观了风见鸡之馆、萌黄之馆、舒埃凯馆，让肚子尽量空出来。“鹿皮”面朝珍珠之路的商店街，没有招牌，仔细看才能看到不引人注意的门上写着店名。点了最便宜也要两万日元的套餐，芜菁汤、蔬菜沙拉和甜点覆盆子派都是一百分，可关键的主菜对我来说还差一点。要了五分熟的牛臀骨，端上来的牛排也许合乎一般日本人的口味，但我喜欢更有嚼劲、口味更浓、带点血腥味的。

边消化边参观了旧巴拿马领事馆、英国馆、洋馆长屋和贝恩之家。洋馆长屋作为异人馆来说天花板有点低。加上昨天看的，我在短时间内集中参观了这么多异人馆，发现房子还是要有人住才好。成为博物馆之后，总觉得它们有点空虚，像标本一样失去了生气。像莱茵馆一楼那样开家午茶店，好好利用起来的话，房子看起来就会洋溢着幸福的气息。

走到元町，看到“Est Royal”前面排着长队，我也排队买了六种蛋糕（回到东京试吃后，还是推荐最受欢迎的两款泡芙Chou ā la crèmerie 和 Surprise）。可是人们为什么要排队？大概只是因为那里有队伍吧。

我又去附近的“Pâtisserie traiteur comme chinois”点了Coupe comme chinois，因为看到杂志上的照片，无论如何都想尝一下。味道浓郁的水果、香草冰激凌和薄荷露在口中散发着清凉的味道。接着去排这家店斜对面“老祥记”的队伍，吃刚出锅的新鲜猪肉包子。管理队伍的大妈态度冷淡，我抱着极大的期待想，她都卖得精疲力尽，应该很好吃吧。结果大失所望，又不能浪费三个肉包子，只好全吃掉。话说回来，不管去哪个国家，中华街的色彩和风格都一眼就能看到，应该有增进食欲的效果。最后去了斜对面的“元祖饺子苑”。店员的粗鲁态度与“老祥记”不分上下，不抱期待地点了一人份煎饺，结果非常好吃！真后悔刚刚用肉包填饱了肚子，不然再吃一盘也没问题。

离开神户前的晚餐，选了亲戚中的头号美食家、过世的叔父推荐的“招福楼”。他说在神户吃怀石料理就要吃这家。厨师是鲁山人[①]的大弟子，总店在八日市，在波多比亚酒店的一楼

---

①北大路鲁山人（1883－1959），日本国宝级艺术家，美食家。

开了一家分店。很想说味道不负期待，但因为嘴馋，边走边吃了许多东西，肚子已没有足够的空间，再加上要赶飞机，在店里只待了不到一小时，没能好好享用美食，非常遗憾。嗯，下次一定要预留足够的时间来享受。但什么时候能再来呢？

在开往关西机场的水翼船上，我翻开日程本，哑口无言地发现在视网膜上烙下印记的不是异人馆的凸窗和暖炉，而净是吃过的空盘子。一不小心成了一趟高恩格尔系数的旅行。本来应该是参观异人馆，顺便尝尝美食，到头来却是因为吃了太多美食，不得不拼命参观异人馆来消化。

* 请注意，上面介绍的店铺中，“Jean Moulin”和“招福楼”已经停业。

第三乐章

Largo

某个餐馆里，三对夫妻围坐在同一张桌子前。

美国丈夫对妻子说：

“Give me the honey，my honey.”

（可以帮我拿点蜂蜜吗，我的小蜜蜜。）

英国丈夫对妻子说：

“Give me the sugar，my sugar.”

（可以帮我拿点糖吗，我的小糖糖。）

于是日本丈夫也朝着妻子说：“可以帮我拿点火腿吗……”

然后沉默地思考了一会儿，补充道：“我的小猪猪。”

人类二分法

有位贤人说:“人要为了活着而吃饭,不能为了吃饭而活着。”

这是莫里哀《吝啬鬼》第三幕第五场中出现的非常有名的台词。法莱尔喜欢艾莉丝，为了讨好艾莉丝的父亲——守财奴阿巴贡，在绞尽脑汁说出“招待客人不要太热情”这样小气的话之后，又装模作样地加上了开头那一句。

这里的“贤人”似乎指的是苏格拉底。说似乎，是因为这是普鲁塔克《道德论集》中出现的话。读过《希腊罗马名人传》就知道，普鲁塔克为了让故事显得更有趣，经常牺牲事实。不过，在普鲁塔克之前，昆体良和赫利乌斯等古希腊名士都把这句话当作苏格拉底说的来引用，所以也许是真的。

再加上贤人是哲学家的代名词，提到哲学家，就会想到苏格拉底。如果要举出一个古希腊哲学家的名字，十个人中有九个会回答苏格拉底。而回答苏格拉底的人中，又有一半都知道他妻子桑娣帕的名字。她是个脾气非常坏的恶妻，正如苏格拉底是哲学家的代名词一样，桑娣帕也成了恶妻的代名词。查阅《简明人名辞典》,“桑娣帕”这一栏就写着:“虽然经常辱骂丈夫，行为粗暴，自古以来被看作恶妻的代表，但其中也有夸张的成分。也许对她这样普普通通的妻子来说，丈夫的生活方式太独特了。”把她写得不堪入目。

然而，并没有可靠的资料证明桑娣帕是个不适合共同生活、极难相处的任性女子。苏格拉底的弟子色诺芬所著的《回忆苏格拉底》，公认是最值得信赖的关于苏格拉底的文献，书中的桑娣帕是个懂得体贴丈夫的妻子，也是个为了孩子甚至不惜牺牲自己的母亲，并不是和苏格拉底争吵不休的形象。

苏格拉底的另一位爱徒柏拉图，则描写了预见苏格拉底的悲剧命运后，桑娣帕悲伤叹息的模样，同样展现了为丈夫着想的勇敢妻子形象。

桑娣帕是恶妻的说法在世上流传开来，最大的原因可能是色诺芬在《会饮》（与柏拉图著作同名）中对桑娣帕作了这样的描述——“不要说现在，就是过去和未来，都不会有像你这样令人难以忍受的女人。”

书中，弟子安提西尼问苏格拉底：“为什么偏偏和桑娣帕这样的女人结婚呢？”苏格拉底是这样回答的：

“据我观察，立志成为出色骑手的人，都会选择性急且容易激动的马，而不是选择温驯听话的。因为他们盘算着，如果能驯服性情粗暴的马，那别的马也一定不在话下。我也是这么做的。为了变得善于交际，我选择了和桑娣帕结婚。如果和她都能顺利相处的话，那与其他人和睦相处就不是问题。”

可是，没人知道《会饮》中记载的这些对话是不是真实的。众所周知，苏格拉底没有留下任何著作，他的言行都是后来由弟子们记述的。色诺芬写下《会饮》的时候，安提西尼开始以过世的苏格拉底的爱徒自居，成为昔尼克学派的始祖。有种说法是色诺芬厌恶学派中人过度赞赏恩师品德和智慧的做法，所以才创造出与苏格拉底形成鲜明对比的恶妻桑娣帕。

无论如何，在色诺芬写下《会饮》之后，用苏格拉底和桑娣帕这两个人物形象进行各种命题的思考和修辞，似乎成了古希腊哲学信徒的传统。这就像我们明明与电视里艺人的家庭纷争或恋爱绯闻毫无关系，却津津乐道一样吧。

因此现在很多“有教养”的人都知道，苏格拉底的妻子桑娣帕是恶妻的说法是不实之言。这样一来，所谓苏格拉底说的“人要为了活着而吃饭，不能为了吃饭而活着”这个“常识”

也会被颠覆。至少可以得出桑娣帕做菜应该非常不好吃的结论。如果不是每天的饭菜太难吃了，就不会想出这种台词。

很抱歉，在论述这句号称贤人苏格拉底说过的话时，语气有点尖酸。但正如你觉察到的那样，我不赞成这句话。总的来说，我属于“为吃饭而活着，不是为活着而吃饭”这一派。这似乎是与生俱来的癖好，不是通过努力就可以改变的。

很多人喜欢按血型将人进行分类，而我会先把人分成“为活着而吃饭”和“为吃饭而活着”两派。这种方法能更准确地猜中人的性格。前者多为喜欢空想的悲观主义哲学家，后者多为乐观讴歌人生的现实主义者。拿作家来说，前者是芥川龙之介，后者是开高健。当然，大多数人都居于这两个极端中间。

我这么自信地断言当然是有根据的。我父亲家的亲戚无一例外全是后者。一见面，开口第一句永远是哪里的生鲷鱼片茶泡饭是绝品，或者现在正是吃海鳗的时候之类的话题，与“武士重面子，肚子再饿也不表现出来”（比喻人穷志不短）无缘。他们都是政治家、实业家或新闻记者，从事富于现实色彩的职业，没有一个是哲学家或清高的音乐家、画家、诗人。

母亲那边的亲戚很多都过得不食人间烟火，颇有诗人风骨。而我和妹妹似乎完全继承了父亲这边的馋鬼基因。

未知的食物

有个比我年轻的朋友说她相过几次亲，我有点惊讶。她是经常出现在电视上的艺人。

“像你这样的美女不用特地去相亲，明明有很多人追。”

“谢谢。不过，我这种样子的人圈子里多得很，再加上就算有男同事，相互间的竞争意识太强，待在一起也没法放松。可能的话，想认识这一行之外的人。”

“这样啊。那相亲的时候，你会关注对方哪些地方呢？”

我没有相亲的经验，对这件事很感兴趣。

“怎么说我也相过十多次了，得出的结论应该代表了大多数人的意见。”

“嗯嗯，说说看。”

“最快捷的办法就是一起吃饭，看他挑不挑食。从他对何种食物有所挑剔，可以看出他的成长方式，从某种程度上也能反映出他的性格和健康状态。”

看到我一脸佩服听得认真的样子，她开心地继续讲下去。

“还有，餐桌上的举止、进食速度、把食物送到嘴里的方式、咀嚼方式等，都要装作不经意地仔细观察。结婚后两个人每天都要一起吃饭，如果介意这些地方，肯定坚持不了太久。”

说起来，以翻译的身份与俄罗斯政要同行时，我也在无意中观察过这些，发现他们的吃饭方式、生活方式与性格之间有一定的关联。

日本的食物中有许多东西，多数俄罗斯人是生来第一次吃。尤其对来自内陆地区、平常几乎不吃鱼贝类的人来说，吃刺身、寿司和乌贼需要极大的勇气。食物是吃到肚子里去的东西，会不会痛快地吃下第一次见到的食物，能在不经意间透露出那个人的本性，像石蕊试纸般测试着他的好奇心与警惕心之间的平衡，检验他对未知事物能敞开多少心怀。

事实的确如此。体制改革时期，政治局成员利加乔夫是戈尔巴乔夫公认的左膀右臂，曾被革新派称为保守派的头目。别说是刺身和寿司了，他连法餐中经常出现的牡蛎和褶纹冠蚌，甚至是已经做熟的鱼贝类也不吃。天妇罗当然也不碰。日方用涮牛肉和日式火锅招待他，但他一律不吃，在日本期间一直吃法国菜。

戈尔巴乔夫总统一边推进体制改革，一边费心维持左右平衡。他对刺身和寿司也表示抗拒，连尝都不尝，但很喜欢天妇罗和做熟的鱼贝类，还有涮牛肉和日式火锅。

叶利钦则对面前所有的食物都很感兴趣，大大方方地放进嘴里，看起来也确实吃得很香。于是，从刺身、寿司、味噌汤、纳豆到烤麻雀，招待方带点开玩笑的意味，一道接一道端上奇怪的菜，他却面不改色一一送入肚中，令对方目瞪口呆。

说来有趣，这三个人对食物的接纳程度，恰好与他们面对政治革新的态度成正比。世上当然也有饮食方面保守的革命家和爱吃怪东西的保守政治家。不过，判断一个人本质上是保守派还是革新派，看他对未知食物的态度，大概比根据血型判断要准确吧。

西伯利亚的寿司

“哎呀，没有比那更残酷的节目了，米原。”

I是电视制作公司的导演，是位专门对偏僻地带下功夫的能手，像喜马拉雅山啦、南极啦、安第斯山脉的内陆啦、沙特阿拉伯的沙漠啦。据说在那些地方，短波收音机是必需品，可以收听日本广播电台向海外播送的日语节目。

“啊，原来是那个节目呀。我也在收音机前痛苦挣扎过。”

曾以报社记者身份长期派驻肯尼亚的H也表示赞同。

他们纷纷攻讦的是NHK每周四向海外播放的《周末俱乐部》节目中的“玉村丰男的食物岁时记”。玉村丰男既是随笔作家，同时也自己干农活，每期都选一样日本人心心念念的当季食物，聊聊它的做法和吃法。

“哎，现在与以前不一样，只要在亚洲、美洲、欧洲或澳大利亚等所谓的‘文明圈’中，就有许多机会接触到日本的电视节目和报刊杂志。大部分国家的首都也有日式餐厅和出售日本食材的店铺。在那种地方生活的日本人不会去听什么短波广播。期待着短波广播的，都是生活在接触不到那些东西的地方的日本人。你倒是试试在连味噌汤和白米饭都吃不到的时候，还要听刚采摘的新鲜竹笋的吃法！”

“不听不就好了嘛。”

“没法不听啊！”

这档节目会有这么大影响，除了玉村的说话艺术之外，还与媒介是广播而非电视有极大的关系。画面会限制人们的想象力，但只有语言传入耳中的话，人们可以让想象力自由驰骋，甚至能在大脑中想象出一盘最美味的竹笋料理。

我思考了一下有生以来吃过的最好吃的食物是什么，没想到最先浮现眼前的，竟是在冰天雪地的西伯利亚假装吃到的寿司。

十五年前，我随行参加一次电视采访，在平均气温零下五十度的世界整整待了一个月。不要说日本食物了，那儿连米和面都没有。蔬菜也只有马铃薯、胡萝卜、洋葱和醋腌卷心菜。让我做什么都没关系，我就是想吃米饭。锅巴也行，冷饭也行。和采访队伍一起忍受着痛苦时，脑子突然混乱起来。

“唉，好想吃寿司。”

“对了，我们来玩开寿司店的游戏吧。”

我最先提出了这个想法。

“咦？”大家一脸惊讶。

我继续说道：“先生，想要什么手握寿司？”

“嗯……那来个红肉的吧。”

“白肉的寿司有哪些种类呢？”

“今天的比目鱼很好吃哦。”

“那我要这个。鳍骨部位的。”

“啊，我要赤贝。”

“来咯，久等了。”

“啊，这个寿司真好吃呀。”

“那当然，用了非常优质的材料。”

“嗯……这里是西伯利亚，接下来给我捏个金枪鱼和墨鱼的吧。”

我们玩得热火朝天，大家都很开心。之后采访队伍又去了莫斯科和圣彼得堡，两个月后回到东京，第二天就直奔寿司店。大家咬了一口端上来的寿司，异口同声地喊：“果然没法和西伯利亚的寿司比啊！”

黑川的便当

在《西伯利亚的寿司》中提到过，十五年前我参加过一次电视采访，在平均气温零下五十度的世界里待了整整一个月。

每天的饮食以肉类为主，蔬菜只有马铃薯、胡萝卜、洋葱和醋腌卷心菜。日本四季分明，蔬菜水果品种丰富，所以无须解释这对日本人来说是多残酷的事了吧。

在这种条件下，如果每天忙得要死，或许过得会容易些。每天精疲力尽地从采访地回来，就没工夫理会吃什么了，填饱肚子便心满意足地倒头大睡。

然而，老天总是爱开玩笑。到了冬季，靠近北极圈的地区日照时间变得极其短暂。上午十一点，太阳才不耐烦地露出迷迷糊糊的脸，下午三点就急急忙忙躲进地平线了。一天二十小时的夜晚就此开始。没有自然光就无法拍摄，所以我们只能撤回宾馆。

漫漫长夜里唯一的期待当然是吃什么。可端出来的都是上文提到的东西，自然而然，大家选择无视眼前的食物，七嘴八舌地讨论回到日本后一定要吃的菜，这成了每天必做的事。特别是聊到回国当天抵达公司后，会有什么美食在等待我们，大家都异常兴奋。回国的日子一天天临近，大家说到的东西也变得越来越具体。

“这可是纪念电视台成立三十周年的大项目。我觉得回国后我们一定会被带到七楼的董事办公室。等着我们的应该是 R 店或 K 店的全套中华料理。”

节目制作人 H 说了一家高级中华料理店的名字。

“不不不，他们肯定知道我们想念日本菜，所以会准备 F 店的怀石便当，或者 T 店的豪华刺身套餐。”

导演 M 的眼睛闪闪发亮。

“吃 A 店的鳗鱼饭也行啊。”

摄影师 S 边说边咽口水。

大家七嘴八舌地热热闹闹聊了大概一小时。H 突然说：

“如果我们猜错了，他们端出黑川的便当，我一定马上走人。”

“怎么可能……不会吧。黑川的便当，那么难吃的东西，不可能拿来招待凯旋的我们。”

“说得也是。但是，万一发生这样的事，我一定踢翻椅子走人，你们也要跟上。”

“当然！”

终于到了回国的那天，采访团成员的家人都来成田机场迎接。和家人一起去电视台的巴士上，H再次向采访团的所有人叮嘱。

“听好了，如果是黑川的便当……”

“明白，明白。”

大家得意扬扬地来到电视台，并没有被带到七楼的董事办公室，而是去了一间一半当作仓库、连窗户都没有的狭小脏乱的会议室。我们只能从角落里搬出折叠式的不锈钢椅子，围坐在同样是折叠式的不锈钢桌子旁，心里都有种不祥的预感。

门开了，端来的是装在木盒里的便当。H站了起来。盒子的贴纸上毫无疑问地写着“黑川”两个大字。我们也跟着H抬起屁股，这时，忽然传来一个可爱的声音：

“哇，是便当！”

声音的主人是H四岁的女儿。她母亲熟练地帮她打开便当盒。小姑娘咬了一口红艳艳的似乎有毒的香肠，又发出开心的喊声。

“啊，真好吃。由佳第一次吃到这么美味的便当！”

不用说，我们当然赶紧把抬起的屁股落回原处。

冷冻白肉鱼的刨屑

十八年前吃过一次，不知什么时候能再吃到。啊，真是难以忘记那个味道……

说是冷冻，却不是像家用冰箱那样小气的冷冻室。我曾借参观的机会进入东京晴海的大型渔业冷库，里面充其量也就零下四十五度。但在库里检验过的用合成树脂做的防寒靴，一踏上那儿的大地就裂开口子，没办法穿了。

那个地方当时叫作雅库特（是住在邻国的布里亚特人的语言，意为“尽头的尽头”），如今是俄罗斯联邦萨哈共和国的首都雅库茨克市。当时的时间是十二月。

“等再暖和一些，一起去勒拿河钓鱼吧。”

雅库特导游向我们发出了邀请。我买齐了钓鱼用具，在气温回升到零下五十三度的那天决定去钓鱼。

十点半，我们来到勒拿河边，那时太阳即将破空而出。虽说是河，但全长四千二百七十公里，大约是日本最长的信浓川的十二倍，比日本的全长还长。雅库茨克市附近的河宽十八公里，看不到对岸。本想形容为大海，但河上结了一层冰后，看起来更像铺满雪绒毯的草原。冰平均厚一米左右。河面上到处堆着五十厘米见方的立方体，我本以为那是建桥或其他东西用的建筑材料。

“那是喝的水哟。”

居然得到这样的回答，我以为自己出现了幻听。

“啊？”

“把那个立方体带回家放在盆里，慢慢就会变成水。在雅库特，不需要用水桶打水，很方便吧。”

“……”我哑口无言，一脸呆滞。

“话说回来，这块地方不错。就在这里钓吧。”

我们马上拿出钻孔工具，观察旁边一副专业派头的垂钓大叔，学着他的样子想在冰上开出一个洞。然而费尽心机忙活一番，不要说洞，冰上连个痕迹都没留下。

“你们是来打磨钻头的吗？”

大叔实在看不下去，把自己的钻孔机借给了我们。原来如此。这下顺利地打好了钓洞。

钻出一个直径二十厘米左右的洞，冰下的水不断涌上来。

忽然，大叔弯腰趴下，把脸凑近洞口。

“怎怎怎怎怎么了?！”

“哎，喉咙有点渴了。你们要不要也来点？”

“……”我再次哑口无言，一脸呆滞。

接着，我们想把塑料假饵钩装在鱼线上，可手上戴着三层手套，做这些还不如隔靴搔痒。然而吃力地摘下手套，手指又冻得生疼，坚持不了十秒钟。

“哎哎……”

大叔又看不下去了，帮我们装好了饵钩——当然没戴手套。

好不容易把鱼线垂进了洞里，但也不能干坐着等鱼上钩。洞里会不断浮出冰块，要用捞天妇罗碎渣的窍门，认认真真把这些冰棱捞上来，否则辛辛苦苦钻开的洞会被堵住。

水滴在鱼线上面，会马上结冰，让线变得越来越粗，也得时不时捋一下。大叔依然是光着手去捋冰渣子。

鱼上钩了。上钩的是奥克尼，一种长得很像鲈鱼的白肉鱼。它在空中扭动身子跳了两下，没等跳第三下就冻住了。我摸了摸，鱼已经硬邦邦的了，可能比石头还硬。

钓了一桶天然速冻的鱼后，我们回到旅馆，把鱼送到厨房。厨师双手抓住鱼块，像削木鱼花那样，在固定在烹饪台上的刨子上来回刨了许多次。这和木匠师傅用刨刀削木头的方法正好相反。

眼看着“刨屑”越来越多，把这些“刨屑”和薄洋葱片拌在一起，蘸上胡椒盐。塞入嘴里的瞬间，“刨屑”悄然溶化，清淡甘甜的鱼味在口中扩散，让人幸福至极。这道菜的俄语名字是 строганина，正是“刨屑”的意思。我小酌一口伏特加，暗暗发誓下回一定要带芥末和酱油来。

“啊，那个是 ruibe（带冰生鱼片）呀。”

听完我的故事，一定会有人露出恍然大悟的表情，特别是北海道出身的人。

“不，不是。绝对不是。”

Ruibe（带冰生鱼片）的确是俄语 рыба 的讹音，是从西伯利亚传入日本的吃法，指的是将冻鱼或冻肉削成薄片，做法的确相同。

“但是不一样，绝对不一样。”

我到现在都会拍着桌子站起来，想形容一钓上来就冻得硬邦邦的鱼那新鲜的口感和味道，但马上就发现无法用语言来描述，只好放弃诉说的冲动，一脸不高兴地闭上嘴巴。

厨房的法则

很多人喜欢做菜，却讨厌做完菜后收拾厨房。我其实也属于这一类。这两项工作本来就需要完全相反的资质，所以才有个贯穿古今东西的法则——“擅长做菜的人不擅长收拾，擅长收拾的人不擅长做菜”。如果你两样都擅长，一定是个奇迹；如果你两样都不擅长，一定也是个例外。

所以，在冰箱和微波炉遍及日本各个角落的今天，洗碗机的广告明显增多了。我周围也有好几个人买了洗碗机。

“所以，收拾厨房变得轻松了吗？”我问道。

“最开始的一个星期用了用，后来就觉得麻烦。”

他们像事先商量好似的，得到的全是这样的回答。

“要先把餐具从桌上搬到水槽，冲洗后放进洗碗机，洗完后再取出来收进餐柜里。如果不来很多客人，不做很多菜的话，和用手洗差不多一样麻烦。”

我想起自己不久前花了两万日元买的烹饪器具摆在橱柜角落里落灰的事，得出一个新的厨房法则——“厨房用品的价格和它的使用频率成反比”。

听我一说，曾在美国加利福尼亚一户人家寄宿过的A不住地点头。

“刚到的那天，他们带我参观了家中上上下下。厨房非常豪华，一瞬间还以为是电视上烹饪节目的摄影棚呢。一切厨房设备应有尽有，简直就像做梦一样。”

她大吃一惊，这时，女主人说接下来要做晚饭，问她想吃什么。

“牛肉，还是猪肉？鸡肉也好，羊肉也好，小牛肉也好，告诉我想吃哪一种吧。”

哇，太棒了！居然会认认真真地给我做饭！A感动得热泪盈眶。可是到了晚饭时间，端出的却是菜肉已经搭配好的速冻食品，只是用微波炉加热了一下。第二天、第三天、第四天都是如此，接下来的日子也是如此。她在那儿逗留了一年，其间吃的全是速冻食品。

“哎呀，我儿子在波士顿的寄宿家庭也遇到了这种事。”

“我女儿在弗吉尼亚留学，寄宿在别人家里，也是一样的情况。”

另外两个人附和道。

“豪华的厨房是为什么而存在的呢？”

“也许是喜欢带客人参观家里，所以才打造了一个给别人看的厨房吧。”

“我儿子的寄宿家庭好像在每月一两次的家庭聚会时才用到厨房。”

听着这番对话，我脑海中又冒出刚才那个法则的延伸意义。

“厨房越豪华，做出来的东西越粗糙。”

放眼望去，厨房里面这样带有讽刺意味的反比还有很多。例如：

“花费在做菜上的时间与吃完它的时间成反比。”

“失败的饭菜，越弥补越难吃。”

“越是挖空心思辛辛苦苦做的菜，越是得不到客人的好评。”

“最受欢迎的通常是用最少的力气做出来的东西。”

最后两个结论是根据前不久发生在我自己身上的悲惨事件得出的。我照着菜谱，花了一番工夫做了苹果鸭招待客人，结果客人称赞的却是配菜烤马铃薯。

家庭和平与世界和平

“只要每天做好吃的饭菜，丈夫就不会凌晨才回家，孩子也不会变成不良少年。”

T 对自己的厨艺充满自信，像唱歌一样说道，丰满的脸颊上露出酒窝。她有两个儿子和一个女儿。

“吃到可口饭菜的幸福感能让人变得温柔，不管多么烦躁的心情都会消失无踪。”

“但以前总说，养女儿的话，要给她很多好吃的东西，养儿子的话，就给他吃粗糙一点的饭食，这样他们以后才会幸福。”

朋友 U 有不同的意见。她的两个儿子都在发育期，正是最能吃的时候。她处在这种水深火热的境地，一听到什么见地就会反驳，也可能是在为做菜时经常偷懒找借口。

“因为口味挑剔的女人才能将菜做得好吃，因此得到丈夫和夫家的疼爱。但是嘴巴刁的丈夫只会让人避之不及。每顿饭都吃得不痛快的话，他自己肯定也不幸福。”

当然，T 也没有善罢甘休。

“哎呀，你真老派。没想到你竟然拥护‘男人不下厨’，真是让人意外。我的儿子们虽然喜欢美味的食物，但也喜欢做菜，所以媳妇们都很开心。前不久才听她们说‘这辈子都没法跟这么好吃的晚饭分开了’。”

听着她们俩的对话，我想起了俄罗斯谚语“爱是经过胃的”，同时也开始思考吃着粗糙食物长大的人该是何等强大。

长久以来，不挑食是日本男性理应具备的品格，也是武士美学中不可缺少的部分。

“对饭食挑三拣四的男人简直不可救药。”

想在军队或企业这样需要抑制自我的组织里生存，欲望淡薄甚至是无欲无求的话，对组织和自己都更好一些。而且习惯了粗劣的食物，不管被派遣到多偏远的地方，都容易挺过来。

在近代战争中，意大利和法国军队的兵站里，粮食无论在数量上还是金额上所占比重都非常大，所以不利于持久战。普通士兵对用餐的要求也很高，必须有全套正餐，而且每道菜都要做出水平，不然他们就会满腹怨气，不好好战斗。所以比起武器和燃料，士兵的食物供给更重要。虽然没有相关资料确切地记载这种细节，但我觉得事实应该就是如此。

从前经常听说，日本军队里战斗力最差的是因讲究吃喝而闻名的大阪师团。英国曾经统治跨越四海的殖民地，美利坚合众国有世界警察的外号。恐怕当今世界上没有比盎格鲁－撒克逊民族更有攻击性、更追求霸权的人种了。那股神秘力量的来源也许正是难吃的食物？

不同的国家有千差万别的自然条件和历史文化背景，由此形成不同的饮食生活。作为外国人，硬要说人家每天吃得很开心的食物有多难吃，实在是失礼的行为。尽管如此，我还是要说。我曾在英国和美国分别待过两个星期，实在适应不了他们那单调粗野的调味方式和喂饲料般的分量。吃这种粗糙食物长大的人不管被派到世界哪个角落，大概都不会对入口的东西有意见。

这些国家就算凭军事力量一时称霸某个地区，但如果想长期统治，就必须派驻军队，并且不断派遣本国人员进行监督。被派遣的人员要长期定居在那里。所以，食物越没有魅力的国家，在这一点上就越有利。如果祖国的食物很好吃，能适应长期驻留国外的生活吗？祖国的食物没有魅力，在驻留地却能吃得心花怒放的话，大概就不容易得思乡病，不管多久都能坚持下去。东西难吃也许就是英国和美国称霸世界的原动力。

如果英国和美国的食物能好吃一点，世界也许会变得更和平一点。

比太阳旗更重要的红日便当

“偶然学会的指压术也许有帮助。”设计师 Y 说。

“快十一岁的儿子想成为足球选手，但跟我一样是近视眼。为了儿子，我先来做小白鼠。”理发师 N 说，带着玩笑意味的话里隐约流露出悲壮的决心。或许是因为手术前的紧张，每次听到有人说这些，大家都哈哈大笑。

这是第一次组织“视力恢复旅行”时的情景。十二名男女为了在莫斯科眼科显微手术研究所接受 RK 手术，参加了这次活动。他们的年龄从十九岁到四十五岁不等，职业也是各种各样，有学生、个体营业者、上班族、家庭主妇等。

现在 RK 手术在日本已经普及，但在一九八六年那会儿，只能去莫斯科做。当时我被雇用为这一行人的翻译。

手术的原理极为简单，通过切割角膜改变光的折射率，这样无须眼镜或隐形眼镜的帮助，也能在视网膜上形成清晰的影像。一只眼睛的手术时间仅需十分钟左右，但手术后会产生暂时性的视力衰退，为了不影响生活，需要间隔五天再进行另外一只眼睛的手术。再加上术前术后的检查和护理，前后需要在莫斯科待两周。

在术后第三天的视力检查中，接连出现裸眼视力一点零、零点八之类的结果，大家震惊地吵吵嚷嚷。F 却在一旁哇哇大哭。

“比手术前看东西更模糊了。”

女主治医生安慰道：“手术是成功的，只是 F 小姐您同时也做了散光手术，加上本来近视程度低，切割的部分少，像这种情况，恢复得就慢一点。不要着急。”

但她根本听不进去。“一点改善都没有，我要放弃左眼的手术，明天收拾行李回国。”

她已经支付了一百多万日元的巨款。如果这个时候回国，这些钱就等于打水漂了。我试着劝她，她却越来越无精打采，不久又疯了似的吵着说，还没做手术的那只眼睛也看不见了。医生赶紧检查了一下，结果没有任何异常，或许是极度不安引起的失明。同房间的女士说，F 已经三天没吃东西了。

听到这句话，我突然灵光一闪，立刻打电话给朋友——A 报社莫斯科特派员 O 的夫人，请求她帮忙。为了缓和 F 的厌烦情绪，我强行把她塞进车里，直接带她去 O 夫人家。F 似乎是真的看不见了，紧紧地抓住我的手，走进O夫人的客厅。

可是，吃了O夫人准备的梅干饭团后，F小声说了句“啊，好幸福”，紧接着发出惊喜的尖叫：“哎呀，眼睛看得见了。看得这么清楚，还是中学以来第一次呢。”

白米饭和梅干会对日本人产生近乎奇迹的效果，关于这一点，我是很有自信的。这源自少女时代在国外生活五年，后来又由于工作关系长期不在日本的体验。仅仅一个饭团，却多少次把我从绝望中拉出来，给我生存的勇气和精神。

这不仅限于日本人。一个国家的日常主食和传统饮食对国民的影响之大，简直就像神灵附体一般。

一七三六年，俄土战争最激烈之时，由五万四千名将士组成的俄国大军攻入敌方腹地克里米亚汗国。没想到装着黑麦粉的货车被困在了乌克兰的草原地带，只能用当地收割的小麦制作面包给将士们吃。没过多久，将士们接二连三地病倒，军队士气急剧下降。时任参谋长副官的H.G.曼施泰因在随军日志中写道：

“士兵身体变差的最大原因，是他们习惯了有酸味的黑面包，在这里只能强忍着吃没有一点酸味的白面包。”

大约一百年后，现代俄国文学鼻祖A.S.普希金到访高加索，在修建格鲁吉亚军事道路的工地上，看到干活的俘虏们对着有酸味的俄国黑面包愁眉苦脸，痛苦不堪地想念祖国土耳其的面包（圆而扁平的白面包，与印度的馕有点相似）的样子。

“我想起我的朋友谢列梅捷夫。他在向往的巴黎待了没多久就跑回来，感叹：‘在巴黎生活实在是太悲惨了，买不到黑面包，一点办法也没有。’”

写下这段话数日之后，普希金在山岳地带的亚美尼亚小村落里也尝到了没有黑面包、只有土耳其面包的折磨。

“这就是在达力尔峡谷唤起俘虏思乡之情的土耳其面包呀。我倒宁愿花费重金，买下让土耳其士兵讨厌的黑面包。”

最近日本也出现了许多销售有酸味的德式黑面包的店，但俄式黑面包的酸味比德式的还要强五倍。酸味是酵母发酵带来的，有助消化，与腌菜一样有增进食欲的效果。统计数据显示，俄罗斯人均面包消费量几乎是欧洲其他国家的三倍。

就连我这个日本人有时也对俄式黑面包垂涎欲滴，可想而知它对俄罗斯人拥有多大的力量……

在高中讲授的《世界史》中，一〇五四年发生了基督教东西分裂为希腊东正教与罗马天主教的重大事件。根据学习《世界史》时的印象，造成分裂的原因应该是有关三位一体的解释和在崇拜圣母马利亚方面的意见分歧等。

然而实际上，起决定作用的似乎是在圣餐仪式使用的面包上出现了针锋相对的意见。是选择拜占庭和俄国常吃的有酸味的面包，还是天主教用的没有酸味的普通面包？围绕着这个问题，十一世纪中期，东西教会间展开了激烈的争论。教皇利奥九世裁定“圣餐中不能使用有酸味的面包”，拜占庭的东正教会只好与天主教分道扬镳。新兴国家俄罗斯一百年前刚刚将基督教确立为国教，属于东正教会的势力范围，平时吃的正是有酸味的黑面包。显然，否定这种面包，就是否定他们的民族自尊心和民族认同感。如果认同利奥九世的裁定，力挺酸味面包的俄罗斯就只能脱离基督教了。因此才有人说，拜占庭放弃天主教，选择了俄罗斯和黑面包。

不管哪个国家，都有将民众与祖国紧紧联系在一起的传统食品。这种食物中甚至隐藏着能左右信仰与爱国心的强大威力。对日本人来说，这种食物就是米饭。

没错。红日便当比太阳旗更重要。现在，全世界民众都在高声呼吁实行全球化标准，国与国之间的分界几乎消失无踪。把民众与国家紧密联系在一起的最强大的力量，一定是从小吃到大的食物。

不过，令人担忧的是，最近吃便利店食品长大的孩子越来越多了。

敏锐的观察力

我生平第一次看《天鹅湖》大概是在四岁的时候。莫斯科大剧院芭蕾舞团来日本公演，芭蕾女神乌兰诺娃扮演的天鹅深深吸引了我。那时拜托妈妈买的节目单上印的几张照片，现在仍然记忆犹新。那个时候，我时时刻刻都紧紧盯着照片看，边看边叹气。

“我要当芭蕾舞演员。别的职业一概不考虑。”

幼小的我暗暗下了决心，开始每天认真练习。到访我家的男士全都成了这份热情的受害者，因为我让他们托举我这位未来的首席芭蕾舞演员。

不过，到了十多岁的时候，我开始客观地看待自己的外貌和才能。

“我当不了古典芭蕾舞演员，毕竟身材和相貌也是才能的一部分。”我看清了现实，“但要是民间舞蹈的话，也许还有希望。这样不就能跳遍世界上所有民族的舞蹈了吗。”

无论如何，我还是梦想成为一名舞蹈家。如果能同时赚到生活费该多幸福呀。于是我上了舞蹈学校，有一点名气的舞蹈家和舞蹈团来演出，我就拿出所有的钱去买票。

上大学时，我创办了民族舞蹈研究会，还担任主席。俄罗斯的哥萨克舞、印度舞、西班牙舞、匈牙利的恰尔达什舞、中亚的费尔干纳舞……我通过书籍和影像资料搜寻世界各地的舞蹈，把它们搬上舞台。起初只是在自己的学校跳，后来名声慢慢传到其他大学，收到各地学园祭的邀请。虽然对方只负责交通费和住宿费，但只要有人观看，大家就愿意坐飞机赶过去表演。

各个大学的学园祭如火如荼的时候，一个秋日的午后，我们结束了在京都 K 大学的公演，急匆匆赶往京都站，准备三小时后到大阪的 O 大学公演。特急列车的出发时间就快到了，但我们六个人仍然忘不了去买车站便当，这个时候大家都还没吃上午饭。

幸好赶上了车，大家坐下后立即打开便当吃起来。我埋头苦吃，甚至无暇顾及四周，吃完后才发现面前坐着一位看起来很有修养和品味的绅士，一直用吃惊的眼神盯着我看，于是向他打了个招呼。

“哎呀，狼吞虎咽的，实在不好意思。”

“啊，太佩服了。一定是饿坏了吧。”

“您看出来了？”

“是啊。”

“也是，风卷残云呀。”

“哈哈哈哈，一下子就吃完了。”

或许是填饱了肚子，其他成员也高高兴兴地开始插话。

“不光是因为这个。”

绅士突然变得一本正经。

“咦？”

“我是说，不光是因为你吃得干净。”

“那是……”

“你狼吞虎咽的速度完全没变过。从第一口到最后一口，一直是同样的节奏。”

“啊……”

我对绅士的观察力佩服得五体投地，然而在大阪车站分别的时候竟忘了问他的名字。现在回想起来，仍然觉得他说的太有道理了。

不过，随着运动量逐渐增大的食量，在梦想破灭后却没有回落，结果现在的体重竟比那时多了二十五公斤。

食欲和爱情能共存吗？

学生时代的朋友中有个老家在斜里町的人，暂且叫他家永俊男。斜里町位于北海道知床岬的一角。那刚好是加藤登纪子和森繁久弥的歌《知床旅情》流行的时候，我也涌起了去知床旅行的冲动。对了，如果能在家永的家里住，不就可以省下住宿的钱了嘛。

“啊，好呀。”善良的家永欣然答应我的请求，“提前一天发电报通知我就行，随时欢迎你来。”

于是我在前往知床之前，按他说的先从札幌发去电报，内容大概是这样的：

“明天下午五点二十分抵达斜里车站，万里。”

第二天黄昏时分，到达知床斜里车站的站台后，我在检票口被人叫住。

“请问是万里小姐吗？”

转身一看，那里站着一对像是夫妇的中年男女。男人穿着西服打着领带，女人也是一身套装，看上去显得很正式，样子也非常拘谨。

“俊男一直以来承蒙您的关照了。”

哎呀，不好，是家永的父母。我穿着皱巴巴的牛仔裤和T恤，恨不得找个洞钻进去，但事已至此也无可奈何，只能赶紧递上在札幌的百货商店买的点心。原来家永两天前和朋友去网走玩了，联系不上，我的电报就送到了他父母手里。

去他家的路上，家永父母跟我说话的态度怎么看都有点奇怪，到家之后变得更夸张了。

“结婚以后还打算继续工作吗？”

“我们觉得不住在一起也没关系。”

对第一次见面的人来说，这个问题好像有点太深奥了。

不久晚饭做好，大家坐在饭桌前，家永的母亲谦虚地说“都是些粗茶淡饭”，可每道菜都非常好吃。蔬菜是刚从地里摘来的，鱼也是刚刚捕来的，带着新鲜而清甜的味道。转眼间我就吃完了自己的米饭和味噌汤，并且各添了三碗。当然，分给我的小菜也全下了肚。

“来，吃我这份吧。”

家永的父亲看不过去，把自己的盘子递给了我。

晚饭后泡了热水澡。泡完澡后，家永的妈妈端出满满一大盘玉米。“这是从院子里摘来的哟。”那些玉米简直好吃到空前绝后，我风卷残云地解决了六七根。

家永父母的学习能力十分强大。第二天早晨的餐桌上，我盘子里的小菜就变成了他们的三倍，而且他们再也没提起过那些暗藏玄机的话题。

等我回东京后，有一次与家永见面，才弄清了整件事的来龙去脉。

果然，家永忘记跟父母说我的事就出去了，思想保守的父母忽然收到那个电报，觉得我肯定是儿子的恋人或未婚妻。

“他们好像被万里你的吃相给吓着了。”

“担心嫁进来一个这么能吃的儿媳妇，会把家底吃光？”

“不是，他们似乎觉得这姑娘对儿子有意思的话，肯定不会这么暴露自己的食欲……”

先天还是后天?

“这么说来，你也不怎么喜欢馒头[①]吧？”

京都某家老字号的店主在打完招呼后问我。他是父亲在旧制高中读书时的好友，继承了家中的薄皮馒头店，是位很有修养的老人。

“嗯，我爸爸说他不喜欢馒头吗？”

“是啊。那时大概是暑假吧，他第一次来我们家，家里人端出茶和馒头招待，他说，‘真是不好意思，我不怎么喜欢吃馒头。’结果一边这么说着，一边却飞快地吃完了。接着端出一大盘，转眼间又没了，于是又端出一大盘。最终，你父亲整整吃了七十五个馒头。这在我们家真是绝无仅有的事儿呀，到现在仍然是传说。对了对了，你吃东西的样子跟阿至简直一模一样，哈哈哈哈。”

①指日本的“馒头”，类似中国的带馅小点心。

"这是那位至先生的女儿吗？"

"哎呀，那位至先生的……"

不知什么时候，店主的母亲和店里的老员工凑了过来，兴致盎然地盯着我的嘴看。被寄予这么高的期望，我怎么能不努力呢，便开始拼命吃端上来的馒头，可惜吃到第二十三个的时候就吃不下了，好歹是保住了颜面。

"不愧是至先生的女儿，真厉害。"

简直是落语《可怕的馒头》[①]的现实版。别不相信，这件事确确实实发生过。

上小学时还有这样一件事。某一天，班主任问我："万里觉得爸爸什么地方最厉害？"

"对自己做过的事负责到底。"我自豪地回答。

"比如呢？"老师又问。

于是我说了下面这个故事。

有一次，母亲出差三个月不在家，每天晚上都是父亲给我做晚饭。有天晚上，父亲想挑战煨炖菜，竟然用了一公斤牛肉，做了满满一大锅。他放了太多的面粉，做出来的东西不像煨炖

①落语近似单口相声，《可怕的馒头》是其中的经典段子。有个人说自己除了馒头什么也不怕，于是别人半夜往他家中扔了许多馒头，听到他大叫"馒头好可怕"。谁知推门进去一看，这个人吃得正香。再问他怕什么，他回答："我现在害怕热茶了。"

菜，倒更像发硬的酱。父亲用铁勺舀起三勺这种浆糊状的东西放进小锅，加水继续煮，好不容易做成了跟煨炖菜差不多的样子给我吃。味道还说得过去，我吃了两碗。

但锅里还剩下许多“煨炖菜的材料”，所以第二天和第三天的晚饭依然是这个。它就像一口魔法之锅，锅里的东西怎么吃都没有减少的迹象。为了不让煨炖菜坏掉，每天晚上加热的时候都继续往里加水和面粉。

“我已经吃烦了！再也不想看到它了！”

第四天，我和妹妹终于开始发脾气。父亲却说：“真拿你们没办法。过去不管是日本还是欧洲，农村的人十年如一日吃着相同的东西过日子。你去波兰的农村看看，现在他们还是像这样做好一大锅煨炖菜，整个冬天都吃一样的东西。”

听起来像是强词夺理。不过他终究还是给我们做了别的菜，自己继续吃那个煨炖菜，直到一个月后大锅空了为止。

“厉害吧？”

我得意地说完后，老师不知为何“嗯嗯啊啊”地支支吾吾，接着评论道：

“确实很厉害。老师前些日子也做了太多咖喱，但是没能像万里爸爸那样负责到底。”

然后她又说：“先不说责任感，万里爸爸的胃真坚强呀。”

其实，在父亲和父亲这边的亲戚里，这种事司空见惯。天天生活在这群大胃王中间，我产生了一个疑问。

“我的好胃口到底是天生的，还是跟着身边这群大人有样学样的结果？”

换句话说，就是“先天还是后天”的问题。

从先天上说，我肯定继承了父亲坚强的胃。在西伯利亚采访时，我在没有饮料的情况下吃了两人份的干巴巴的三明治，从此光荣地被称为“茶花女”。

薄皮馒头店的人们觉得父亲肯定把他的食量遗传给了我，但话说回来，说不定是我有样学样地继承了父亲的好胃口。

当然，这不是像研究课题那样的正经问题，但总是占据着大脑的某个角落。直到有一天，我捡了一对野猫兄弟回家养的时候，这个模模糊糊的问题忽然有了清晰的轮廓。

我给两只猫起名为“不讲理”和“讲道理”。“不讲理”似乎对食物更热情，热情到有点粗暴的程度。

它们俩都很喜欢吃面，不管是意大利面、荞麦面还是乌冬面，只要我一吃面，它们就飞奔过来上蹿下跳。我两只手各拿一根长长的面条给它们吃。它们从面条下端开始咬，我两手抓着上端，被它们拉拉扯扯，明显感觉“不讲理”的力气更大，吃得也更快。原来是吞咽的速度不一样啊。没错，即使都是猫，吞咽速度也天差地别。

“兄弟俩生长的环境明明一模一样，差别却这么大。好胃口果然是与生俱来的素质，不是后天形成的。”我自言自语，但下一个瞬间又想到：“亲兄弟还差别这么大，看来血统也未必是决定因素。”

看来需要到野外调查更多的样本了。

没本事，光会吃也是一种本事

比我晚两年零八个月出生的妹妹叫由里，我和周围的人都自然而然地叫她“由里酱”（YURICHAN）。

不知不觉地，她也开始叫自己“由里酱”。可是她的语言器官还没发育成熟，发音不太准确，所以听着像“UICHI”，说得更含糊时就会听成“UNNCHI”（大便）。

我觉得很丢脸。妹妹进幼儿园后，不出所料，上大班的我被调皮的孩子们当成了笑柄。

“喂，听说你妹妹叫大便呀。”

“哇哇，大便的姐姐，大便的姐姐。”

如果我那时候明白什么叫无理取闹，肯定会用这句话反击。我第一次尝到了那种像命中注定般不可逃避的恐惧。

然而从某一天开始，我再也不介意这件事了。

那天晚上只有我和妹妹两个人在家，父亲和母亲很晚才能回来。母亲出门前把所有房间的挡雨板都紧紧关好，几次三番叮嘱我们："如果有陌生人来，千万不要打开玄关大门和挡雨板，否则会被人贩子拐走的。"然后又嘱咐我说："万里是姐姐，要好好照顾由里。"

家里的挡雨板是百叶窗型的，可以看见外面，材料是又重又硬的橡木。想要从外面打开，除非卸掉合叶。

我和妹妹两个人听了广播，看了书，吃完晚饭，又画画，玩词语接龙，困意渐渐涌了上来。外面已经漆黑一片，可是父亲和母亲还没回来。正想换上睡衣睡觉时，外头传来"咚咚"的声音，有人在敲挡雨板。悄悄地从缝隙里看出去，外面站着一个大个子男人，头上和脸上被蓬乱的毛发覆盖着，很难分清哪些是头发、哪些是胡子。他像财神爷一样背着一个大袋子，旁边站着一个看起来有些神经质的干瘦女人。

"是人贩子！"直觉这样告诉我，身子开始止不住地发抖。这时女人用假惺惺的温柔的声音说：

"阿姨是你妈妈的朋友。我带了可爱的娃娃，还带了有趣的绘本哟。"

我们不出声。大个子男人试图撬开挡雨板，但没有成功，接着两人开始围着房子转，不停地拽门把手，用身子撞门，想打开玄关的门。我吓得魂飞魄散，紧紧抱住妹妹，对她说："绝对不能开门！”妹妹糊里糊涂地点点头。

“啊，我有超级好吃的巧克力。”

可是，一听到女人这句话，妹妹立刻甩开我，打开合叶跑到门外，结果一下子就被男人抓住，塞进大袋子里去了。

救命，怎么办啊？我想去救她，可是那个女人眼看就要进来，我只好赶紧把妹妹打开的挡雨板关上，拴上合叶。女人啧啧有声地说：

“嘁，这下子要耗的时间长了。不过两个都跑不了。”

男人拿出香烟吧嗒吧嗒地抽起来。父亲和母亲依然没回来。我担心极了，用上全身力气喊着袋子里的妹妹：

“由里酱，你还好吗？由里酱！”

“UICHI 好怕呀！”

从袋子里传来妹妹含混不清、有气无力的声音。我忽然想起空气不足会让人窒息，妹妹在狭小的袋子里肯定呼吸困难，不快点去救她，她就没命了。正想打开合叶，男人抽完烟站起来对女人说：“磨磨蹭蹭的，家里的大人都要回来了。今天就先这样吧。”

“由里酱，由里酱！”

我声嘶力竭地大声喊着，没准邻居听到了会来救我们。

“由里酱，由里酱！”

“UICHI 好怕呀！快救救 UICHI！UICHI，UICHI……”

妹妹哭了起来。

“喂，她说要大便。”

女人慌张地叫住男人。

“真是的，如果在袋子里大便，我可受不了。”

男人无奈地把妹妹从袋子里拖出来，命令她：“快点在那儿解决！”

说时迟那时快，我打开合叶一把拽住妹妹拉进家里，关上挡雨板。被我钻了空子的男人和女人懊悔得直踹挡雨板，过了一会儿才讪讪地离开。

自从做了这个梦，我一点都不介意妹妹自称“UICHI”了，甚至觉得听成“UNNCHI”也自有它的道理。

写这篇文章时才发现，我会做这样的梦，说来也是因为年幼的妹妹贪吃到了连自恃嘴馋的我都无法匹敌的地步。小时候，我觉得两个人之间两岁零八个月的差距还是很大的。在身心迅速成长的阶段，无论是弹跳能力、认识的字数还是懂事的程度，哪个方面我都理当比妹妹优秀，不应该输给她。

可是，妹妹还不满三岁，胃口和吃东西的速度就已经超越五岁的我了。

这种差距是从哪里来的呢？难道是天生的？也不能这样贸

然下结论，听说似乎和接生妹妹的产婆有关。

“想把她养得健壮，就要增加她的肺活量，所以要从内侧扩张内脏。给她喝大量的牛奶，像奶瓶那么一点点量是不行的。在酱油瓶上装上奶嘴，不管她想不想喝，是不是在睡觉，都使劲儿喂她。”

产婆热情地指点母亲。结果妹妹确实长成了大骨架、胸部壮实、身材魁梧的模样，食量也与体格成正比。看来不仅是肺，连胃也在婴儿时期被扩张了。但是和同一位产婆接生的H君那肥硕的身材一比，妹妹算是很苗条了（仅仅是相对来说）。

“这都是我的功劳，感谢我吧。”母亲扬扬得意。

“H君的母亲对产婆言听计从，甚至用酱油瓶给不想喝奶的H君灌奶，结果牛奶从耳朵溢出来，让H君得了中耳炎，后来恶化成肺炎，差点危及性命。这一点上我就很随便了，左耳进右耳出，不想喝的时候就不给她喝。”

但不管怎样，妹妹最终还是被养成了令人瞠目结舌的贪吃鬼和大胃王。

把点心端到她面前，瞬间就一干二净。有一次，我看到妹妹吃完点心后，才故意一点儿一点儿地慢慢吃，估计着妹妹开始咽口水了，就把番薯掰成两半，凑到妹妹鼻子前面。

“想吃吗？”

妹妹立即两眼放光，点点头。

“怎么办呢？”我装模作样地把番薯往嘴里送。妹妹死死地盯着那块番薯。

“如果把这块番薯给你，你会听姐姐的命令吗，不管什么命令都听？”

“嗯，UICHI 什么都听姐姐的。”

“那接下来的一个星期，你什么东西都要给姐姐一半。什么东西都是，可以吗？”

“嗯！”

就这样，为了换半块番薯，妹妹那个星期被我勒索了一半的零花钱。

妹妹好像现在仍记恨着这件事，不久前还一本正经地挖苦我。

“小小年纪居然能做出这种事来，真可怕！”

“话说回来，你还真上当了。这当然是因为上当的人太笨了。小小的我担心你愚笨过头，才训练你以后不被坏人骗。”

这句话有一半是真的。美食当前，不要说亲兄弟和朋友，这家伙恐怕连自己的良心都会出卖，走上歪路。我这个姐姐为她禁不住食物诱惑的性格而担心。

妹妹在大学里学的是生物学，毕业后做过一段时间高中老师。突然有一天，她辞职进了大阪一家有名的厨师学校，理由是“与其上乏味的课被学生讨厌，不如做好吃的饭菜让大家开心”。毕业后，她去意大利的餐厅进修，回国后开了一间料理教室。我终于不用担心她会为了口腹之欲走上歪路了。

妹妹性格开朗，做什么事都优哉游哉，只有选择食材的时候才像食肉动物一样目光敏锐。她还说，这辈子也想写一本书试试，就一本，连题目都想好了，就叫《没本事，光会吃也是一种本事》。

胃口与速度的关系

“慢、慢、慢一点呀！”

在熟悉的寿司店的吧台边点单时，寿司师傅一定会叫苦不迭。

“真是的，米原小姐你吃得太快了，搞得我很着急。”

他说我吃寿司的速度非同一般地快。真是这样吗？我本以为自己吃得已经很慢了。

不过，年轻一点的时候，有男士请我吃饭，我总是比对方先一步吃完。母亲常常唠叨“走路和吃饭的时候，记得要配合对方的节奏，一起享受共同的时间”。但我已经习惯每天和我一起吃饭的人的速度了，等回过神来，对方正满头大汗地拼命想追上我。这些人此后一定不会再来约我，这似乎成了一个定律。

在这个问题上，与父亲那边的亲戚一起吃饭就很轻松。

有一次，我和姑姑一家十二口人一起，浩浩荡荡地去了一家口碑很好的中华料理店。不愧是非常受欢迎的店，已经有很多人在排队，我们等了将近半小时才坐下，点了十六个菜。没过多久菜上了桌，一眨眼的工夫就被我们消灭得干干净净，实在是痛快淋漓。

这时候发生了一件有趣的事。

“咦，不好意思，回锅肉还没上啊。我马上送过来。”

由于我们吃得实在是太快了，服务生误以为自己忘了上菜，把好几道菜连上了两次。

“呃……这样不太好吧？”

我感觉有点良心不安，可亲戚们异口同声地教导我：

“我们给这家店做了如此大的贡献，这些菜就算是互惠互利吧。”

这就叫饭桶也有三分理。我们不到半个小时就吃完离开了。隔壁那桌在我们排队时就开始吃了，可我们吃完走人了，他们还没到饭后甜点的环节。

通过观察这些大胃王亲戚，以及不算短暂的人生中遇到的人们，我发现一般吃得快的人都食量大，食量大的人也通常都吃得很快，二者间画等号的概率相当大。

当然，这是有理论依据的。据说信息到达控制饱腹感的中枢神经需要二十分钟，其间吃得再多也没有吃饱的感觉，所以不知不觉就会吃多。

“所以，想减肥的话就要慢慢吃。这样吃下去的量就会减少，也能省钱。要想吃得慢，就得多嚼几下。”

说起来，学校的体育保健课好像也学过“最好嚼上一百下，最少也要嚼十下”。各种健康书里也写过，咀嚼可以刺激大脑，防止老化，还可以促进食物消化，减轻肠胃负担，所以要细嚼慢咽。

原来是这样啊。我后来尝试了一下，不过没坚持多久，总是不知不觉就从咀嚼变成了吞咽。最近彻底放弃了，心想刺激脑部就靠嚼口香糖好了。肠胃的负担更不必担心，我的肠胃得到了父亲的遗传，非常坚强。

叔父的遗言

从前，我们都是在院子一角挖个坑，每天早上把家里的垃圾集中起来焚烧。生活垃圾也扔在同一个坑里，那时还没有烧完后会产生毒气的垃圾。坑填满后，只要盖上土，垃圾就会慢慢地回归泥土。那个时候也没有垃圾收集日，说到底，自治团体还顾不上垃圾收集之类的事，就连首都东京在四十年前也是如此。

我最早接触到的家务，就是每天早晨收集和焚烧垃圾。

有一天早上，我把收集好的垃圾倒进院中的坑里，隐约看到里面有片黄色的东西。不祥的预感涌上心头，我用棍子把那片黄色的东西挑了出来，看清全貌后，悔恨与悲伤的眼泪顿时夺眶而出，我把垃圾扔到一旁跑回屋里。

“妈妈，你太残忍了！为什么、为什么要瞒着万里……”

我泣不成声。

“啊，被你发现了，对不起。那是昨晚的客人带来的礼物，因为你和由里都已经睡了，所以大人们就吃了。不要哭啦。”

我哭闹不休的时候，妹妹走了过来，得知事情经过后，也跟我一起悔恨地号啕大哭。

“真拿你们没办法。下次我一定买来给你们吃，快上学去吧，要迟到了。”

我不肯罢休，哭着背上书包朝学校走去。

人们也许不相信，现在用一百日元就能买到一串的香蕉，在二十世纪五十年代竟是如此昂贵而稀有的奢侈品。

等日本进入六十年代的高速发展阶段后，香蕉才开始成为廉价的代名词。尽管如此，在很长一段时间里，香蕉在不少国家仍是奢侈品。苏联解体后，俄罗斯推进经济市场化和自由化，如果有人问到“生活与以前相比有什么变化，哪里变好或变差了”，一定会出现这样的回答：

“嗯，物价飞涨，像我们这样的穷人日子越来越难过，不过香蕉的价格倒是变得便宜了，想买就能买到。可是现在也不想吃香蕉了。”

香蕉的价格就像石蕊试纸，检测着一个国家的经济是否已经纳入全球经济体系。

在日本经济还没有对跨国资本开放，香蕉仍是可望而不可即的时代，曾经有一位让我和妹妹羡慕的“香蕉叔叔”。

祖母生了十个孩子，父亲排行老二，所以我们姐妹俩有很多叔叔婶婶和堂兄弟姐妹。

以前也说过，他们个个都是大胃王，但这位叔父在我们所有人中拔得头筹。他每天一睁开眼，几乎所有时间都用来吃或者思考该吃什么东西。当然，他是有名字的，叫“诚”，但所有侄子侄女都叫他“香蕉叔叔”。

“明天诚叔父要来东京。”

母亲一说，我和妹妹都高兴地跳了起来。因为他一定会给我们带香蕉，见到我们之后，还会滴溜溜地转着眼镜后面滚圆滚圆的眼珠子问：“万里和由里想吃什么呀？”然后带我们去父亲和母亲绝不踏足的高级餐厅。请我们吃完饭后，他一定会问一个永远不变的问题：“好吃吗？”

“嗯，真好吃。”

“万里和由里想不想成为叔叔的孩子？”

“嗯……”

这是个令人苦恼的问题。如果成了叔父的孩子，说不定每天都能像这样吃到很多好吃的东西。我们幼小的心里也明白叔父比父亲有钱得多。不止是诚叔父，父亲那边的亲戚生活水平远远比我们家高。父亲家是拥有大片山林的地主，祖父原来是贵族院[1]的议员，事业上也很成功。暑假去玩的时候，家里的女佣多到让我记不清每个人的名字。父亲却抛弃了这种优越的生活，学生时代就追随共产主义，在战败前的十六年间，他一直潜伏在地下。

战后，得知音信全无的儿子还活着，祖父在田园调布购买了一所大宅子给父亲。可父亲马上就捐给了共产党。我出生的时候，全家是借住在党员之家二楼一间六叠大的房间里。

即使到了和平年代，祖父也一直忐忑不安，担心哪天又风云变幻，只好嘱托非常喜欢孩子却膝下空虚的叔叔婶婶：

“真到了那时候，就让阿诚来养万里和由里吧。”

虽然没有这个缘分，但叔叔婶婶把我和妹妹当作亲生女儿一般疼爱。他们表现爱的方式，就是尽最大努力给我们吃好吃的东西。

或许是吃了太多美食，叔父晚年遭受了糖尿病的折磨。一口美食也不能吃，对叔父这个大胃王来说实在太残忍了。不过，每次我去拜访时，叔父总是干劲十足地为我张罗。

“中午的话，吃竹叶亭的生鲷鱼片茶泡饭就好了，晚上去吃皇家饭店的烤牛肉。”

他一样样地回忆着已经无法下咽的美味，看上去很开心。

---

①指日本旧时议会的上院，相当于现在的参议院。

“诚病危，只能撑十天左右了。”

接到婶婶的电话后，我当天就去看望身在大阪的叔父。可能是意识已经模糊了，我走进病房时，叔父并没有反应。为了安慰婶婶，我和她聊了两三个小时。

“是万里来了吗？”

这时，叔父忽然微微睁开眼睛。

“回去时是坐飞机吗？”

“不是，坐新干线。”

“这样啊。”

叔父连呼吸都很困难了，他合上眼睛，发出有气无力的声音：

“那么，吃车站便当的话，要吃八角便当啊。”

这是叔父对我说的最后一句话，一个星期后，他便离开了人世。

后记，或者说是作者的借口

虽说“不劳者不得食”，但无论干不干活儿，要生存下去就必须吃东西。哪怕只是躺着睡觉，为了维持生命，仅仅是呼吸、代谢和循环，也会消耗一千两百大卡的热量。

生存是生物最基本的工作。野生动物为了食物日日奔忙，而驯化的动物正是为了稳定的口粮，才舍弃自由沦为家畜。

现在仍有三分之一的人口身陷饥饿的恐慌。在电影和政治漫画中出场的有钱人大多被描绘成胖子。普通人解决了温饱，才开始品尝美食。减肥也是近些年才有的现象，并且仅仅存在于发达国家。“这么容易储存脂肪，按动物的标准看，应该代表很优秀吧。”妹妹看着我们两人的腰围说。这是身体的本能不知不觉发挥作用的证据。身体高效地吸收营养，再转换为脂肪储存起来，以备不时之需。也就是说，我们的肉体仍处于不知何时就将面对饥饿的状态，还没适应能想吃多少就吃多少的新形势。如果想控制体重，只能自觉地认识到这一点，有意识地控制饮食。

尽管心知肚明，但一看到美食，我的理性早就飞到九霄云外去了。

对容颜有损又会带来富贵病的脂肪，倘若能在睡觉时转化为电力，就能同时解决肥胖和能源问题了。谁要是发明这种简易装置，一定能成为亿万富翁。我常常期待这个人出现。

虽然看到美食就两眼发光，但我不会自居为美食家或饮食达人，对自己的味觉也没什么信心。尽管胃口和吃饭的速度都超过一般人，但也比不上现在热门节目里的大胃王。

所以，虽然不知不觉写了不少关于食物的随笔，但对结集出版还有些犹豫。如果没有文艺春秋的藤田淑子小姐，恐怕我到现在还犹豫不决。她干脆利索地挑选出了要用的文章，以乐章的形式调整好顺序，让我“再修改一百页”，然后决定出版日期，发布预告，简单来说就是帮我扫清了一切障碍。因此，我拼命赶稿，总算交出了足以一读的内容和篇幅，但到底如何，还是要全凭读者来判断。

米原万里

二〇〇二年三月

图书在版编目(CIP)数据

旅行者的早餐 / (日) 米原万里著；王遵艳译.
--海口 ：南海出版公司，2017.4
ISBN 978-7-5442-8609-1

Ⅰ. ①旅… Ⅱ. ①米… ②王… Ⅲ. ①随笔-作品集-日本-现代 Ⅳ. ①I313.65

中国版本图书馆CIP数据核字(2016)第303676号

著作权合同登记号 图字：30-2016-201

旅行者的早餐
〔日〕米原万里 著
王遵艳 译

出　　版　南海出版公司　(0898)66568511
　　　　　海口市海秀中路51号星华大厦五楼　邮编 570206
发　　行　新经典发行有限公司
　　　　　电话(010)68423599　邮箱 editor@readinglife.com
经　　销　新华书店

责任编辑　翟明明
特邀编辑　胡圣楠　褚方叶
装帧设计　韩　笑
内文制作　田晓波

印　　刷　北京富达印务有限公司
开　　本　850毫米×1168毫米　1/32
印　　张　7
字　　数　126千
版　　次　2017年4月第1版
印　　次　2017年4月第1次印刷
书　　号　ISBN 978-7-5442-8609-1
定　　价　39.50元